Channel A 系列 ⑤

刻骨的
爱人

张小娴 经典作品

全新修订本

湖南文艺出版社
HUNAN LITERATURE AND ART PUBLISHING HOUSE

博集天卷
CS-BOOKY

刻 骨 的 爱 人

目录 Contents

Channel A

第 一 章
与 爱 共 沉 沦

那一刻，她会明白，
最深的爱，超越了深度，是无法测试的。
他对她的爱，是神庙、天堂和地狱也隔不断的。

初相识的穷日子里，他们常常喝一种便宜的德国白酒 Blue Nun（蓝仙姑），酒瓶的包装纸上有几位俏丽的修女。相聚的这天晚上，他叫了这种多年没喝的酒。

"你要喝一点吗？"他问。

"你这是讽刺我吗？"她以宛若天使的声音说。

他笑了，严肃而真诚地说："是祝福。"

"我戒了酒。"她温柔地说。然后，她又说："你也不要喝太多。"

"我喝酒不会醉，喝咖啡才会。"他说。

"你还是酗咖啡吗？"她问。

"有些东西很难戒掉。"

他望着她，她的头发剪得很短，像一张栗色的短毛毯子覆盖着头颅。卸去脂粉的脸，消瘦了，苍白了，跟从前一样清丽，双眸却更见慧黠。她披着褐红色的长袍，脚上穿的是一双德国 Birkenstock（勃肯）卡其色麂皮大头鞋。

"还可以穿名牌鞋子吗？"他有点奇怪。

她笑了："我们都穿这种鞋子，很好走路，而且进出庙宇时方便。这双鞋是在伦敦买的，没想到现在用得着。是你陪我一起去买的吧？"

"嗯，那天我们刚到伦敦，你原本穿的那双鞋把你脚踝的皮都磨破了，我们走了几家百货店，你的脚踝在淌血，你竟然还不肯随便买一双，千挑万选才买了这双大头鞋。没见过爱美爱成这个样子的。"

"现在不会了。"她看看自己脚上那双磨旧了的鞋子，微笑说。

露天酒馆外面，一辆送货的车开走，扬起的灰尘在月光下亮亮地飞舞，想起如烟往事，他沉默了。如今不再是往事了，说是前尘，也许更适合。

十六岁那年，他半工半读在电台当唱片骑师，少年得志，什么都不放在眼里，除了她。邢立珺比他早一年进电台，说得上是他的师姐。上司把他们编成一组，要他跟她学习。第一次在电台见面的时候，他销魂荡魄地爱上了她。那时，她已经有一个要好的男朋友。他从没见过这个男人，也不想见。没见过面，他心里尚且那样忌妒，见到面，他无法想象那种忌妒有多么煎熬。

他常常想办法接近她，知道她预约了录音室录音，他便也预约相连的录音室录音，隔着录音室的那一面厚玻璃，偷偷地看她。可她偏偏对他特别冷淡，好像是有意折磨他似的。上司要她指导他，她却从来没有。

终于有一天，两个人在录音室里，她听完他的录音带，没说话，低头剪辑自己的录音带。

"你为什么不肯教我？"他按捺不住地问。

她抬头看着他，说："我也只比你早来一年。"

"你为什么讨厌我？"

"谁说我讨厌你？"

"你完全不理我！"他像个受伤的小孩似的。

"你又不是小男孩，为什么要别人照顾？"她冷冷地说。

"因为知道我喜欢你，你就讨厌我。"

她没好气地说："你这话就不合逻辑了。首先，我并不知道你喜欢我；其次，我为什么要讨厌一个喜欢我的人呢？"

"女人就是这么难以解释。"

她笑了："你对女人了解多少？你才不过十六岁。"

"你也不过比我大两年。"

"那就是说，我成年了，你还没有。"她一边说一边收拾面前的几卷录音带，撇下他一个人，离开录音室。

他坐下来，把她刚才摘下来的耳机戴上，沉醉在她耳朵的余温里，并相信自己刚刚踏出了美好的一步。那时他太年轻了，以为爱情无非是一场战役，成王败寇。

隔天半夜，在录音室的走廊上碰到她时，他走上去，单刀直入地问："你会考虑我吗？"

"徐致仁，你真讨厌！"她皱着眉说。

"你终于承认你讨厌我了吗？讨厌就是喜欢。"

"你是一个讨厌的人，并不代表我讨厌你。"

"那你是不讨厌我喽？"他兴奋地说。

"你真是个自大狂！"

"自大狂才不会请求你考虑他呢！"

"谢谢你的好意，我不想人家说我勾引未成年少男。"

"我十六岁了，而且是我勾引你。"他抗议。

"我也不想给一个十六岁的少男勾引。"她没理他，径直走进录音室。

他跟在她后面，说："那天你才说我不是小男孩。"

她眼睛没看他，说："你不是小男孩，但也还不是男人。"

他没想到如此坦率的热情，换到的竟是她的蔑视。他觉得受到了极大的伤害，眼睛望着脚下的地板，无法说一句话。

她大概知道自己说的话有点过分，那一刻，却如何也放不下面子。何况，是他首先挑起火头的。她拿了一张唱片放在唱盘上，用沉默代替歉意，直到她发现他悄悄离开了录音室，才觉得心里有点抱歉，但她很快说服自己，那不是喜欢一个人的感觉。

他躲起来打了一个晚上的鼓，浑身湿淋淋的，分不出是汗还是泪水。他恼恨自己的浮夸。他本来是个内向而且自视极高的人，天知道为什么，在她面前，却成了个登徒浪子，难怪惹她讨厌。

他恨这两年的距离，恨这相逢太晚，像作弄一样降临。他恨不得快点长大，又或者是，能够戒掉她。

他有好几天都故意躲开她。那天黄昏，外面大雨滂沱，放学后，他冒雨跑上斜坡，回电台上班。快到电台的时候，他看见一辆黑色的跑车停在那里，她撑着伞从车上走下来，幸福地朝驾驶座上的男人挥手，又叮咛了几句，然后目送着车子开走。

他连忙放慢脚步，免得在大堂碰到她。然而，他进去的时候，她还在大堂里。两个人尴尬地并排站着。他为了证明自己是个男人而几天没刮的胡子已经让她看见了，他担心这样反而显出他的幼稚。一瞬间，他变得忌妒又沮丧，决定爬楼梯上去算了，总比丢人现眼好。

"我由这边上去！"他没等她回过头来就拐个弯去爬楼梯。

"那天很对不起。"

他愣住了，发觉她跟了上来，站在楼梯下面。

他心都软了，说："没关系。"

她粲然地笑了。

走了一层楼之后，他站住了，回头望着她，幽幽地问："他对你好吗？"

她默默地点头。

"你爱他吗？"他还是不肯罢休。

她盯着他看，一张脸发红，生气地说："徐致仁，你以为自己是谁？我的事不用你管！你没资格！"

说完最后一句话，她气冲冲地走下楼梯。他懊悔地戳在那里，恨自己再一次把事情搞砸。过了一会儿，他听到那走远了的脚步声又走回来。

隔着一层楼的距离，他满怀希望地等着，却发觉她冲上来狠狠地盯着他看，朝他吼道："你知道我为什么不教你吗？我是根本没有什么可以教给你！你比我出色太多了！我忌妒你！我是忌妒你！"

看着忽然变得弱小的她，他呆住了，很想把她抱在怀里。没等他伸出双臂，她掉头走下楼梯。他冲下去，没想到她忽然往回跑，两个人几乎撞个满怀。她抓着扶手，漾着泪水的双眼既吃惊又觉得这个场面有点滑稽。她一边抹眼泪一边笑。

"我们讲和吧！"他首先说。他舍不得惹她生气。

她喘着气，微笑点头。

"我不会再缠着你，只要他待你好。"那一刻，他才知道，只要她快乐，他什么都愿意。

他把对她的爱藏起来，化作友情。他们成了无所不谈的朋友，彼此只有一个禁忌：她从来不在他面前提起她的男人，他也不在她面前提起他正在交往的女孩。

那几年的日子，他们常常走在一起。他总会跟她买相同的唱片，两个人不约而同喜欢同一段歌词、同一本书、同一首诗，甚至是食物。她喜欢的，他就喜欢。他为她放弃了当歌星的机会，因为相信她不会欣赏这种虚荣心。他在电台扶摇直上。他努力所做的一切，无非是想得到她的青睐。

他藏起了对她的爱，几年间，那份爱却在他心里开出更翻腾的花。

一天夜里，他接到她的电话，她在电话那一头呜咽着说："你可以过来吗？"他连忙穿上衣服出去，连袜子都穿了两只不一样的。

她的头埋在两个膝盖之间，在床上哭得死去活来，告诉他，她失恋了。他心里竟然有些窃喜。然后，认识以来头一次，她告诉他，她和男人的那段爱情，从相识到相爱，所有的往事，所有的回忆，都成了撕心裂肺的怀念。一瞬间，他由窃喜变成沮丧，恍然明白她爱得有多深，她甚至早已认定那是她厮守终生的人。

"但他已经离开你了。"他说。

"跟他一起，我觉得自己是个幸福的女人。"她抽抽搭搭地说。

"我也可以令你幸福！"他说。

她抿着唇，伤心地朝他看。

"我可以的！"他紧紧地把她搂在怀里，身体因为激动而颤抖。

她在他怀里沉默，偶然因为抽泣而抖动。过了一会儿，她突然咯咯地笑了。

"你笑什么？"他问。

"你两只脚的袜子不一样！"她指着他双脚说。

"我急着出来见你。"他说。她泪汪汪的眼睛感动地朝他看。他温柔地抚摸她汗湿的长发，把她整个人抱在胸怀里。这是他长久向往的幸福。

他以为能够成为好朋友的两个人也将会是完美的情人，现实却一再挫败他。跟她一起的日子，她总是忽冷忽热。当她冷淡的时候，他出于忌妒而认定她是想念以前的男朋友。他永不会忘记她失恋那天晚上所说的一切，也不会忘记雨中的电台外面，她幸福地对车上的人叮咛的一幕。当他因为忌妒而饱受煎熬的时候，她却只是埋怨他的不成熟和孩子气，还有他那可怕的占有欲。他们经常吵架，和好，然后下一次又吵得更厉害。

他常常跟她说："我爱你。"每一次，她只会反过来问："我有什么值得你这样爱我？"他由衷地说出她所有的好处，然后，她还是会感伤地说："假如我们分开了，以后，你还是会爱其他人的。"

她曾经坦承忌妒他的天分，可她不忌妒其他的一切。假如忌妒也是一种爱，他渴求她的忌妒，却总是失望。直到后来，他觉得电台的新人夏心桔很有潜质，刻意栽培她。一天，他们因为小事在电台的电梯里吵架，她突然生气地质问他："你为什么对夏心桔特别好？"虽然感到无辜，他却也享受了忌妒的爱。她原来还是会忌妒的。

后来有一天，她突然告诉他，她想到欧洲去看看，然后到法国念书。

第二天，他马上回到电台辞职，那时，他才二十六岁，已经是电台的节目总监。那天晚上，他把这个决定告诉她。他心里知道，她离开的一部分原因是这段关系令她沮丧。

"我又不是不会回来的，你不用为我辞职。"她说。

"我就是怕你不回来。我不可以让你一个人在外面感到孤单。"

"你以为两个人一起就不会有孤单的感觉吗？"她难过地说。

"让我陪你吧。我爱你。"

"我有什么值得你这样爱我？"她凄然问。

"已经再没有任何理由了。"他用身体把她包裹住。再没有理由了，除了爱。

在欧洲的头几年，他们改变了原先的计划，去了许多地方，最后才在巴黎安顿下来。他在家里做编曲的工作，生活不成问题。异乡相依为命的日子里，两人却依然时好时坏。叫人恋恋无法放弃的，也许是所有的好都比以往好；然而，每一次的坏，也比以往坏。

留在法国的第二年，他发觉她偷偷跟别人来往。他一直假装不知道。他从没想过自己竟然这么窝囊，他以为不去承认就等于没有，也就不会失去她。

一天，他煮了饭等她回来，她说过，希望他有一天能为她下厨。那天，他笨拙地做了烤鸡，她却说："我吃过饭了。"草草吃了几口便躲进房里。他走进房里，站在她跟前，颤抖着声音问她：

"你是不是跟别人一起？"

她红着眼睛说："你为什么要假装不知道？"

"我害怕你会离开我。"他无助地说。

她怜惜地抚摸他的脸，流着泪说："我不值得的。"

"你爱他吗？"他问。

"我已经不懂得爱了。"她哭着把头埋进他的胸怀里。

他能够明白这种背叛，他也想过要背叛她，假如能够爱上别人，也就可以不爱她了。但他做不到。

他以为自己原谅了她，原来他并没自己所想的那么宽大。他一直记恨。他很容易就会怀疑她跟那个人暗中来往。他讨厌这段失去信任的爱。这种感觉是那样痛苦，跟他同床共寝的人，难道会不知道吗？看着眼前正在消逝的爱情，他恼恨自己什么也做不了。

那天，他打了一整天的手机都找不到她，她回来的时候，他试探地问："为什么找不到你？"

"你找过我吗？"她从皮包里摸出手机，发觉手机一直关着。

"原来我没开手机。"她边走进房间边问，"你找我什么事？"

他走进去，看见她背朝着他脱衣服，他把她拉过来，想跟她温存。她躲开了，说："很累啊！"他把她拉向怀里，她别过脸去，说："我今天不想。"他没理她的反对，把她按在床上。她使劲推开他，说："你不要这样好不好？"

他发狂地捏住她的手臂，吼道："你到底要怎样测试我对你的爱！"

"你干什么？你弄痛我了！你放手呀！"她挣扎着。

他把她抓得更紧，歇斯底里地说："你这贱人！我爱你！"

她吃惊地望着他，说："你再不放手，我会恨你的！"

看到她痛苦的脸，他放手了，伤心欲绝地说："你本来就恨我！"

"我太恨你了！"她爬起来，哭着说，"我恨你长不大，恨你无法给我安全感！恨你这样迁就我！恨你陪我来这里！恨你对我的要求！恨你爱我比我爱你多！你为我做的一切，只会令我惭愧和内疚！你知道惭愧和内疚的感觉有多难受吗？"

"对不起！"他的眼睛朝她悲伤地看。

"爱情没有对或错，我们都努力过了。我和你都太自我，也太自以为是了。我们都以为自己是亚当和夏娃，却不明白，一旦被逐出伊甸园，就是另一个故事了。我们根本不应该偷吃树上的禁果，一旦超越了那条界线，落到生活里，我就是会伤害你，你就是会原谅我。我们最后会互相憎恨的。"她用深情的眼睛回报了他的悲伤。

他无法否认她说的一切。她终究是世上最了解他的人。多少年了？他们用牙齿狠狠地互相撕咬，直到一天，身上的伤口太多了，再也难以愈合。

她离开了巴黎的家，没说要去哪里。失去她的日子，只有那三只鼓陪着他。鼓打得太多了，有一段日子，他的耳朵甚至听不到细微的声音。他本来拥有引以为豪的听力，那双耳朵天生就有一流的音感。她走了，一切都不再重要。

一年后，他接到她的电邮。她在西藏拉萨。他马上买了机票到拉萨去。在一座庙宇外面，他看到隔别了好像三十年那么长时间的她。她的头发刮得很短，像个大男孩，身上穿着褐红色的长袍，肩上挂着一个黄色布袋，神清气爽地朝他走来。他一下子惊呆了。

"我这个样子是不是很难看？"她微笑着问。

他摇摇头，说："不，你瘦了。"

"正好减肥啊！"

"一年前来这里听课，很是感动，所以做了这个决定。"

刚刚下飞机的他，被高原反应折磨，只觉得天旋地转，眼前的故人忽而模糊了。

"我还没有出家，也不是什么看破红尘，我在这里找到内心的平静，想好好反省一下自己以前的所作所为。"

"我真的从来没有令你觉得自己是个幸运的女人吗？"他问。

"你令我认识自己，愈认识，却愈不了解，愈不了解，便愈迷茫。还是简单比较幸福。"

"你追寻的就只是那种简单的幸福吗？"

"幸福是不可能追寻的，也无法掌握。幸福是一种感觉。觉得自己是个幸福女人的那种感觉，对女人来说，是很重要的。"

"我明白了。"他无可奈何地说。

"以后，要令别人幸福啊！"

"不会了。"他依恋地朝她看。

"以后，你还是会爱上别人的。"她说。

她回去神庙里，他追上前问："我可以写信给你吗？"

她站定，回头，说："谁还要写信？"然后，她从背包里拿出一部轻巧的笔记本电脑，说："现在的庙宇都很现代化了，电邮给我吧。"

看着她消瘦了的身影消失在炫目的阳光下，他撑不住了，头昏昏地拦了一辆出租车回旅馆去。他在床上折腾了一夜，意识朦胧中，他哀哀地想起她那天说的伊甸园的故事。他的夏娃回到无罪的伊甸园去了，留下亚当，与爱共沉沦。

后来，他离开了欧洲，回到香港，带着他的挫败与愧疚回到他和她初识的地方，这里有最美丽的回忆。

一天，他接到她的电邮，她回来了。

他以为她要回到他身边，在酒馆见面的时候，却失望地看到她那一身女尼的装扮。他点了一瓶 Blue Nun，为她献上挚诚的祝福。人生本来就是一出荒诞剧，他做梦也想不到此生最爱的女人成了女尼，隔绝了红尘里的他。

"你为什么会回来？"他问。

"我要去印度见一个师父。"

他觉得奇怪，从西藏直接去印度就可以了，她根本不需要绕一个圈。

"对你，我还是有一点牵挂。"临别时，她以宛若天使的声音说。

只要听到这句话就足够了。他在她清澄的眼里读到了他俩的故事，那些永不会磨灭的故事。他曾经以为他们的爱情已经消逝了，原来从未消逝，反而因为距离而照亮，由从前的固执与狂热转化为悠长的依恋。

也许有一天，由于太想念他，她会回到这片红尘来。那一刻，她会明白，最深的爱，超越了深度，是无法测试的。他对她的爱，是神庙、天堂和地狱也隔不断的。

不管她成了一个清心寡欲的人，还是成了火葬场上的一缕青烟，他的灵魂还是会无可救药地为她起舞飞旋。

Channel A

第 二 章
忌 妒 的 翅 膀

忌妒是青春的心灵,

带点卑微却不卑鄙。

她因为忌妒而认识自己。

那天在咖啡馆外面碰到他的时候，她不敢相信他就是那个背影的主人。他拄着拐杖，身上的衣服有点邋遢，正在排队买咖啡。然而，那把习惯绕到耳后、留到脖子的头发，还有清癯的身影，都有七分神似。

他大概感觉到有个人在后面盯着他看。拿了咖啡之后，他朝她缓缓转过身来，她看到她不愿见到的事实：隔别七年，他成了一个身体残缺的人。还来不及说些什么，她眼里涌出难过的泪。

一瞬间，他意会到她在想些什么，他一只手拿着咖啡，一只手拉起松垮垮的裤管，露出一截上了石膏的腿来。

她知道自己太神经质了，尴尬地抹去脸上的泪水，却已经掩饰不住眼里的潮湿。或许是被她傻气的眼泪感动了，带着一抹久别重逢的微笑，他首先说："夏心桔，很久不见了，你好吗？"

　　"徐先生。"她从前是这样称呼他的。

　　"你什么时候回来的？"两个人在咖啡馆坐下来的时候，她问。

　　"一年前。"他说。

　　"你的腿为什么会受伤？"

　　"前几天在家里换灯泡的时候摔了下来。"他呷了一口咖啡说。

　　"你还在电台吧？"他问。

　　"你没听电台吗？"

　　他摇了摇头，一副已经不关心的样子。

　　带着失望的神情，她说："我现在主持晚间节目。"

　　"是十一点档吧？"

　　她点了点头。

　　"你现在一定是最红的唱片骑师了。"

她腼腆地摇头。在他面前，她永远算不上什么。

"摔断了腿，还走来买咖啡？"她问。

"没办法，我酗咖啡。"他笑笑说。

徐致仁就住在咖啡馆附近。陪他回去的路上，她告诉他，她从两星期前开始在这附近跟一个英印混血的女人学瑜伽。

"要不是摔断了腿，我也想去学。"他开玩笑说。

他住在一幢三层楼高的旧公寓顶楼，没有电梯。

"早知道会摔断腿，我就租最底下的一层楼。"他吃力地爬上楼梯。

他拿出钥匙开门，外面阳光灿烂，屋子里却只有一线从灰灰斑垢的窗子透进来的阳光。日久失修的公寓没几件像样的家具，映入眼帘的是从地板堆到天花板的唱片，惊人的数量比得上电台的音乐图书馆。一张高背红绒布椅子旁边放着一台电子琴和三只鼓。

"你还打鼓吗？"她问。

"偶尔吧。"

他一拐一拐地走进厨房，倒了一杯水给她，告诉她，他为外国的唱片公司编曲。她这才知道，这几年来，有好几首她觉得很了不起的歌是他编的。他没用本名，她也就不知道许多个晚上萦绕她心头的歌原来出自他手。在相逢之前，他们早就在音乐里相见。

她拿起鼓棍，敲了一段，她的鼓，是在他走了之后学的。一段失落的情感节拍再一次在她心里回荡。她放下鼓棍，嗓子因为紧张而发紧：

"徐先生，如果你不介意的话，让我每天帮你买咖啡吧！"

她重又拿起鼓棍敲鼓，像个逃避现实的人似的，没有抬起眼睛看他，害怕他会说不。

就这样，每天上完瑜伽课之后，她不但带咖啡来，也来为他做饭，替他买日用品和收拾地方。她知道自己的厨艺很勉强，怕他会吃腻。有时候，她会扶他到楼下，用她那辆小房车载他到海边吃一顿下午茶或是晚饭。大多数时候，她会留在屋子里，戴上耳机，沉醉地听他收藏的唱片，一听就是几小时。

兴之所至，他会用电子琴弹一段他刚刚编好的曲给她听。有时候，他会一整天不说话。遇上这些时刻，她会怀疑自己是否不受欢迎，心里觉得郁闷。然而，第二天，看到他的笑容，她放心了。她渐渐像许多年前那样，熟悉他的脾气。他一点也没有改变，会有突然而来的好心情，又会无端地闹情绪。

她没有问他这七年间发生了什么事。她终究是有点怕他的。

刚刚考进电台的时候，她是个没有自信的新人。那一年，除了她之外，还有两女三男一同受训。男的不说，那两个女的都长得比她漂亮，唱片骑师需要的是动听的声音，然而，一张姣好的脸是无往不利的通行证。这方面，她是有点自卑的。她长得大概不难看，但太平凡了。她甚至怀疑她一直为之沾沾自喜的声线，是否也没有她自己以为的那么好。

训练班的导师有好几位，其中一个，就是徐致仁。他十六岁那年半工半读在电台当唱片骑师，独特的主持风格、沉浑的声线和音乐才华，让他锋芒毕露。当时有唱片公司打算捧他当歌星，他拒绝了。

他的办公室里有一台电子琴和三只鼓。大家都知道，要是哪天他把自己关在里面弹琴，就是心情好。要是里面传来愤怒的鼓声，那便最好不要去惹他。她不知就里，挨过一棍。

那天，她有急事找他，敲了门，没等他回答，就一头冲进去。

"徐先生！"

她这三个字还没说完，他把手上的一支鼓棍朝她头顶扔去，那双汗湿的眼睛生气地瞪着她吼道："白痴，滚出去！"

她慌忙退出去，带着一肚子的难堪和委屈，躲起来哭了很久。

后来她知道，这种时候，只有一个人胆敢走进去，并且能够让他安静下来，那就是邢立珺。邢立珺当时是电台最红的唱片骑师，主持晚上十一点档的节目。她的声音宛若天使，人长得美丽，蓄着一头长直发，很会打扮。她比徐致仁大两年，两个人是电台里的一双璧人，无论走到任何地方，他们都是耀目的。

她很羡慕邢立珺，假如她长那个样子，人生的路会好走很多。假如她有邢立珺的运气，她就不用太努力了。假如徐致仁是她的男人，她会是个幸福的女人。所有这些想法在她心里面生出一种奇怪的情绪。当那些男同事私底下赞美邢立珺的时候，她会沉默。女同事在背后讨论邢立珺的化妆和衣服的搭配时，她从来不表示意见。她也不像班上另外两个女同学那样，常常像小影迷般找机会接近邢立珺。但是，她每晚都会听邢立珺的节目，甚至把节目录下来重复再听。

那时她身边有男朋友，她却控制不了对徐致仁的仰慕。这种暗暗的恋慕不带一丝罪恶感，她相信这种感情是有一点点超然的，是凌驾于男女之情的一种欣赏和向往。这种羞怯的感情她努力地藏得很深很深。

徐致仁明了她很多事情。她从来不知道自己是出色的，直到训练班毕业之后，通宵节目刚刚有个空缺，徐致仁起用她当主持。其他同学还不过在别人的节目里当个跑腿儿的，而她竟然可以当主持。

她怯怯地接下这个任务，心里的压力大得可怕。她不能让他失望。大家都说她的声线跟邢立珺有点相像，天知道为什么，她那时决定要模仿邢立珺。第一晚开始，她用邢立珺的语调说话，用邢立珺的方式停顿，这一点也难不倒她，几个月来，她都在重复听邢立珺的节目。

她很快就知道这种模仿是多么地愚昧。一天半夜，当她播出节目里最后的一首歌，徐致仁冲进直播室，他气得满脸通红，使劲拍了一下台，吼她："你在模仿谁？"

她吓得愣在那儿，抓住头上的耳机，不知道怎么办。

"你以为你是谁？你一点都不尊重自己的工作！你以为我听不出来吗？"他将她的耳机扯下来，把她赶出直播室。她哭着被他推了出来。一瞬间，她的自尊破碎了。她蹲在幽暗的长廊上，哭出一汪洋羞惭和难堪的眼泪。

徐致仁从直播室出来的时候，她抽抽噎噎靠着墙站起来。

"你跟我来。"他冷冷地抛下一句。

她默默地跟在他后面，他走进其中一间录音室，坐在控制台上，朝她说："你明天不用做节目了。"

她死命忍住在眼眶里打转的泪水。有那么一刻，她认为今天晚上所发生的一切无非都是邢立珺跟徐致仁说了些什么。邢立珺害怕新人的威胁，他要保护自己的女朋友。她咬着牙，恨恨地望着他。

"明天开始，你每晚在这里等我。"

她不明白他的意思。

"你每晚在这里做一段节目给我听，直到我觉得你可以了，你才可以回到你的节目去。"

原来他并没有打算放弃她。

"夏心桔，你要做你自己。你是很有天分的。"他说。

那一刻，她再也控制不住自己的眼泪。她在他面前呜咽，呜咽里有微笑。

"谢谢你，徐先生。"她一边哭一边说。

那天以后，她每晚在直播室里对着他做一段不会播出的节目。那是他们独对的漫长时光。直到一天，他说："你可以回去做节目了。"她反而舍不得回去。

她要走的路还有很长，但徐致仁给了她信心。她不禁会想，他对她是特别的。她不知道那是因为她的天分还是因为别的。在录音室里，有好几次，当他们面对着面的时候，在萦回的歌声里，她感到彼此之间有一种异样的音调。她对他有了许多憧憬。

一天，回电台的路上，她看到徐致仁的车，车上载着邢立珺。邢立珺大半个身子亲昵地栖在他身上，他单手握着方向盘，跟她谈得很愉快。车子从她身边驶过，她像泄了气似的，愈走愈慢。她突然有一种难言的酸涩，她以为徐致仁对她是特别的，一旦跟邢立珺相比，她又算得上什么？不过是个黄毛丫头罢了。她不明白徐致仁为什么爱上一个年纪比他大的女人。虽然邢立珺看上去很年轻，但是，将来，她会看上去比他老的。她是忌妒邢立珺吗？她才不会承认。她怎会忌妒一个比她老的女人？然而，她唯一胜过邢立珺的，也不过是年轻罢了。

她一直以为邢立珺没把她放在眼里。一天，她在大堂等电梯，电梯下来了，那道门徐徐打开，里面一对男女正在吵架。

女的说：

"你为什么对夏心桔特别好？"

他们完全没发现电梯门已经打开了，夏心桔就站在外面。邢立珺看到她，板着脸走出电梯，朝直播室走去。徐致仁一口气走出电台。她只好装作什么也没听见。她走进去，按了层数，电梯门关上，她抬头望着楼层显示屏，心里既高兴又担心。高兴是因为她引起了邢立珺的忌妒，担心是害怕徐致仁因此疏远她。

后来有一天，她在走廊上碰到邢立珺，她躲也躲不开，完全缺乏处理这种场面的经验，只好靠着墙往前走，邢立珺却走过来，大方地跟她说："你的节目做得不错，努力啊！"

那一刻，她倒反而显得小家子气了。

邢立珺的大方不是伪装的，她并不恋栈名气，在最红的时候，毅然决定去欧洲读书。徐致仁辞去电台的工作，陪她一起去。

听到这个消息的时候，她实在太忌妒邢立珺了，徐致仁竟然愿意为她放弃如日中天的事业，陪她去追寻梦想。

几年后，有人在欧洲碰见过他们，以后就再没有他们的消息了。后来，听说他们分手了，两个人都没回来，像消散了似的。

七年来，她经历了爱情和友情的挫败，重又变成孤单一个人。三年前，她终于当上晚上十一点档的主持，Channel A 连续三年成为收听率最高的节目。可惜，一手栽培她的徐致仁没能看到这一天。

七年的岁月流转如飞，命运好像轮回似的，在这个时刻让他们重逢。冻结在时间里的一些感觉，并没有因距离而消减，反而更清晰。她毕竟长大了，不再是那个羞怯的女孩。她有自己主持节目的风格，也有了自信。跟他面对面的时候，没以前那么畏缩了。

那天黄昏，在咖啡馆里，徐致仁把上了石膏的腿搁在椅子上，说："我记得你很爱哭。我从没见过女人像你这么能哭，更没见过哭得这么难看的！"

她拿起他那根拐杖，威吓地说："你不怕我把你另一条腿也敲断吗？"

"好啊！那我就不用走路了。"

"你想过回电台吗？"她问。

徐致仁摇了摇头。

"你不觉得可惜吗？"

"有什么可惜？"他反过来问。

她答不上来。

"你是觉得我现在这个样子很可惜吧？"

她的脸发红，无法掩饰相逢以来她心中的想法，她的确是觉得他失意。

他敲敲腿上的石膏，说：

"天意总有礼物和失落，我享受生命的每个阶段。"

一瞬间，她了悟自己多么地狭隘。她以为自己长大了，已经够成熟去了解人生，在这个仅仅只比她大几岁的男人面前，她原来还是很肤浅。

"你明天会来吗？"他问。

她点了点头。

"我有东西给你。"

"是什么？"她好奇。

"你明天就知道了。"他神秘地说。

第二天，她满心期待来到他的公寓，发觉他腿上的石膏不见了，石膏壳和拐杖丢在地上，旁边还有一把电锯。他一拐一拐地在屋里走来走去。

"你干吗把石膏锯断？医生说要两个月才可以拆石膏的。"

"已经四十天了！"

"你怎可以——"

她话还没说完，他拧开那台音响，把一根手指放在唇上，要她听听。

她静了下来，听到一段颤动心灵的音乐。她戳在那里，沉醉地听着，双手合十，放在嘴边。

"是我特别为你编的，给你练习瑜伽时用。"

她提起一条腿往后踢，上半身俯前，跟地面平衡，张开双臂，像飞翔似的，用一个瑜伽姿势来感谢他。

"原来只需要一条腿，我也能做。"他提起断过的那条腿，摇摇欲坠。她连忙上前扶住他，说："你还没有完全康复的。"

"我请你出去吃饭！你煮的东西难吃死了！"

"你今天的心情看来很好啊！"

"我有心情不好的时候吗？"

她笑了："哦，没有，你一向并不情绪化！"

那天晚上，她在节目里播了这段音乐。嘴上带着幸福的微笑，她说："是一个很久没见面的朋友写给我的。"

夜里，她窝在床上，听的是同一段音乐。他是她向往的人，她为他做过许多青春年少梦。那种她曾经以为的、凌驾于男女感情之上的欣赏，她后来当然明白，根本就从来没有超脱于男女之情。那段日子，她展开了忌妒的翅膀，千回百转，在他身边盘旋。待到她长大了，她才了解忌妒是青春的心灵，带点卑微却不卑鄙。她因为忌妒而认识自己。

隔天，她满怀高兴走进他的公寓，带了一本食谱，为他做菜。

"这次你一定会满意！"她说。

她煮了一大锅沸水，把牛骨和西红柿丢进去，说："牛骨汤很有益的。"

"她回来了。"他站在厨房的门槛边说。

"谁？"她一边切西红柿一边问。

"邢立珺。"他说。

她的眼睛沮丧地抬起来，问："什么时候回来的？"

"我昨天晚上接到她的电话。"

"哦，她好吗？"

"我不知道，我们还没见面。"

"你们会见面吗？我在这里会不会不方便？"她匆匆收拾散置在流理台上的东西。一个洋葱掉到地上，滚到他脚边，他弯身拾起那个洋葱交给她，说："还没约时间。"

"哦。"她点了一下头，匆匆从背包里摸出一副太阳眼镜戴上。

"你干什么？"他问。

"切洋葱嘛！戴着眼镜就不怕掉眼泪。"她皱着鼻子说。

她把洋葱皮剥开，回头跟他说："你出去吧，这里有油烟。"

他无奈地退了出去。

她戴着太阳眼镜切洋葱，眼泪一颗颗地掉到指缝间。她用手去抹眼睛，流的眼泪反而更多。

她煮了一锅非常难吃的菜。那顿饭，两个人默默无语。她收拾了碗盘，拖延着洗了很久，害怕一旦离开，便没机会再回来。

她终究还是要走的。幸好，他一向不喜欢开太多的灯，在昏黄的灯下，也许没注意到她哭过的眼睛。

临走的时候，他说："我听过你的节目了。"

"你不是说不再听电台节目的吗？"

他没说话。

"觉得怎样？"她问。

"我的眼光没有错。"他微笑说。

"谢谢你。"她朝他苦涩地笑。

然后，她把门掩上，独个儿走下楼梯。就在这个时候，她突然听到从楼上传来的琴声。

那是道别的琴声吗？

当天晚上，在节目里，她播了徐致仁为她编的那支歌。带着落寞的心情，她说：

"谢谢你告诉我，天意总会有礼物，也有失落。"

在咖啡馆相逢的那天，他说他的腿伤要六十天才复原，她陪他度过了四十天。这段美好的时光，就像当年每个晚上她在录音室里对着他一个人做节目的那段日子。生命的故事在轮回。七年前，她不过是他和邢立珺那个故事里的小波澜。

七年后，她依然只是个小波澜吗？

第 三 章
租 书 店 的 秋 天

在牵牛花开的时节，
一个人闯进了她琐碎的日子里，然后又突然消失。
一年后，在乍然相逢的失落里，
他还给她的却再也不是琐碎，
而是远方的地平线，
那里，时间将有更美丽的脚步。

外公留下的这爿租书店坐落在一条宁静的小路上。自从外公和父亲过世之后，这里就由外婆和她打理。小小的租书店是她长大的地方，打从有记忆的那天起，她几乎没离开过这里。这种生活说是乏味也不是乏味，反正她从没见过比这里不乏味的生活，也就无所谓乏味了。

她也安于这种生活，只要坐在柜台后面，就可以知道四季的变换，无须跨出去一步。就像现在，当对面小公园围栏上的牵牛花初开的时节，附近那所小学男校也开学了，是租书店最忙碌的时候。当黄桐树上的枯叶飘落，就已经是深秋了。再过一段日子，秃秃的枝丫会宣告隆冬的降临。

其实她根本不需要望到对街那么远，租书店旁边的盆栽店对季节的反应比公园更要敏感一些，店里几乎每个月都换上一些新的盆栽，前些时候还在卖薰衣草，这几天已经放满鸡蛋花了。

在这里，她能够看到比四季微小得多的时序：那就是一天的流逝。这么多年来，这种流逝的方式几乎没有变化。早上，会有上班族在书店外面匆匆走过。当一群群小男生背着书包挤进来喧喧嚷嚷的时候，就是学校放学了，那时是四点钟。再晚一点，她的旧同学朱薇丽挽着一把小提琴到隔壁的音乐教室授课，就是将近六点钟的时候了。朱薇丽经过的时候，总会跟她点头微笑。再晚一点，外婆和她也就结束租书店的一天，到公园外面的车站等车回家。

有两条路线往东区的巴士和往返机场的快车是在这里停站的，常常有人拖着行李上车下车。时间，就在外面的脚步之间流逝。她很明白外婆为什么舍不得把租书店关掉，对一个老人来说，这种日子容易打发。何况，这里每天还会跑进来许多活泼的小男生，把外婆簇拥着。

满头鬈曲银发的外婆看上去就像一位慈祥的校长，七十多岁的脸上，还带着一点点孩子气，这也许就是她从前会写儿童故事的缘故吧。她有一颗不老的童心。兴头来了，外婆会跟那些小男生说故事。遇到爱看书的男生，她会推荐一些她认为值得看的书。有时候，她很佩服外婆那么健谈，照理她这个外孙女身上也该流着外婆的血才对，而她却从来都羞于主动去跟别人亲近。她宁愿躲在柜台后面，一边做功课，一边戴着耳机听音乐或是电台节目。这阵子，她最喜欢的那个电台在招募唱片骑师。"你想改变生活或者改变对生活的看法吗？"这句宣传口号常常在她耳边回响。有一次，她刚好望着电脑屏幕上那一页会计学的功课，这不就是她目前的生活，甚至是她以后的生活吗？她大学入学考试的成绩，就像她中学每一年的成绩，证明她并不比别人聪明和幸运。考不上大学之后，她闲闲散散了一段时光，知道这样子不是办法，便跑去报读公开大学。

选修会计，要说有什么特别的理由，也许就是会计不需要很好的英文吧。英文一直是她的弱点，首先是念不好，因为念不好，渐渐变成敬畏，却又不得不去面对，于是，英文不好，竟然就像是一种缺憾。香港是个虚荣地，你数学不好、地理不好，甚至中文的成绩不好，别人不会怎么看你，但是，英文不好，就连自己都觉得好像矮了一截似的。所以，她有时候就觉得租书店的生活实在无愧于她。

直到一天，一个人闯了进来，就像一片不知名的叶子轻轻飘落在她心上，让她发现，远在生活的那边，原来还有一方天地。

这一天，她坐在柜台后面戴着耳机听音乐，一边低着头，嘴巴一开一合地吹着自己额前的刘海。当她专心做着这种无聊的玩意儿时，一个声音在柜台前面响起。

"请问租书需要什么手续？"

她抬起头，一个穿着凉爽的夏日衬衫的男孩子站在那里，比柜台高出大半个身来。她因为被看到那种蠢蠢的玩意儿而尴尬地笑了笑，问："你要租哪本书？"

"就是这两本。"原来，他不知什么时候进来了，早已经在书架上选好两本小说。

"我们每本书要三十五块钱的押金，还书的时候就退回给你。每本书的租金是七块钱，可以保留两天。过期还书的话，每本每天就要罚五块钱。"她一本正经地说，然后，她问，"你要租吗？"

男孩子带着羞涩的微笑朝她点头，从钱包里拿出钞票付钱。

"你等一下，我写一张押金单给你。"她边说边打开租书用的那本记录簿，翻到今天那一页，指着空白的那一行，说，"麻烦你把名字写在这里。"

当他写好了，她已经把找赎和押金单放在他面前了。

"谢谢你。"他把书揣在怀里，转身走出租书店。

等了一下之后，她伸出脖子去，看到他站在对街的车站，一边看书一边等车。她把脖子缩了回来，看见那本簿子上面方方正正地写着三个字：郭轩华。她把租出去的那两本书名写在他的名字旁边。这两本书正是她近来觉得非常好看的推理小说。不是没有其他人租去看过，然而，刚刚她发现他要租的是这两本书时，她觉得跟他有点亲近。她对他有一种她对其他人没有的好奇心。

整个九月，他几乎每隔两天就会来租书，还书十分准时，书也保持得很干净。他每次进来的时候，总会跟她微笑点一下头。她发现他通常是在学校午饭的时间和放学之后来，而且从来不会在星期天出现，她猜想他应该是那所男校新来的教师。

踏入十月天，当盆栽店外面的鸡蛋花换上了金盏花的时节，只要知道他那天会来还书，那么，从早晨开始，她心里就有一种热切的期待。等到他来了，她还是装作很平常的样子。然而，自从他出现以后，时光流逝的方式突然跟以往不一样了，变成是两天两天的，就是租书和还书相隔的时间，中间靠着一种暧昧的期盼来过渡。

一天，郭轩华来的时候，外婆刚好出去了，书店里只有她一个人，比平常都要宁静。他在书架前面看书，那天，他看了很久，她在柜台后面也一直低着头看书。这段两个人单独共处的漫长时光，就像初始的爱情那样突然地降临，她正在看的虽然是杀人凶手把尸体抛到大海的情节，那一刻，她心里却充满了天堂。

后来有一天，他来的时候没带背包，怀里揣着几本书。他还书的时候，她瞥了一眼，最上面的那本是小学五年级的英文课本。原来，他是教英文的，她的心突然虚了一下，想起自己那种很勉强的英文程度，心情便有些委顿了。

过了两天，她虚荣地买了一本米兰·昆德拉的《生命中不能承受之轻》，带回租书店去。她以前只读过中文译本，从没读过英文版。她一边读的时候一边想着，当他来的时候，怎样可以不经意地让他看到她正在读一本英文小说。当他来的时候，她却把书藏在桌子底下。她不想说谎，这会让她瞧不起自己。

她终究还是用了好几个通宵逐字逐句地把书读完。当一个人不是为了考试而去读一本书时，读书便会成为一种享受。由于她觉得自己也开始懂得一点爱情，她读的时候特别投入。读完那本书，她觉得自己的英文好像一下子进步了不少。再见到他的时候，她就没那么心虚了。

一个周末的下午，她在公园旁边的车站等车回大学上课，偶尔抬起头的时候，发觉郭轩华就在她旁边，也是在等车。他看到她，两个人互相点了一下头微笑。他们从来没有在租书店以外的地方相逢，一刹那，大家都显得有点拘谨。她朝巴士来的方向望了好几回，又怕他发现她的窘迫，这时候，恰恰有一片黄叶飘落在她脚边，她于是装出一副悠闲的样子，斜着头去欣赏那片落叶。

车来了，她礼貌地跟他点了一下头道别，径自上车去。她找了个靠窗的空位坐下来，并开始低头读她带在身上的那本小说。车子开走的时候，她的灵魂还依恋地留在车站，想着他说不定会目送着巴士离开。一瞬间，她体会到离别原来也是一种微小的幸福。她把书合上，轻轻靠在椅背上。夕阳懒懒散散的余晖透过车窗洒落在书上和她的手背上，她朝车外望去，嘴角不期然泛起一个甜丝丝的微笑。

光阴的脚步从这一天开始又有了改变，是昼短而夜长。每个晚上，她期盼着黎明的来临，那便可以早点回书店去，在永昼的时光里等他出现。这样的日子是充实的、飞快的。

隔壁的盆栽店已经放满圣诞花，为这条平静的小路换上节日的气氛。十二月初的时候，她和外婆就像往年一样，略略把书店布置一下，也预备了一些圣诞卡和圣诞装饰。

十二月的一天，她在柜台后面无聊地翻那本租书的记录簿时，无意中发现郭轩华在一个月之内重复租了同一本小说。她不免浮想联翩。他为什么重看一本推理小说？他是太喜欢还是忘记自己看过这本书？抑或，这里的书，他想看的都看过了，为了要来，唯有重复租同一本书？她看着租书簿上那个书名：《一个灵魂私下的微笑》，这难道是一个暗示？一种暧昧的喜悦顷刻间笼上心头，她感到自己灵魂私下的微笑。

隔天，她买了几本新书，等到他快要来的时候才放到书架上，免得给其他人租了去看。他把那本《一个灵魂私下的微笑》带回来，放在柜台的时候，她朝他微笑，他也朝她微笑，大家都没说话，好像在等待两个灵魂自己聊天似的。

"珍欣，我要出去一下。"外婆这时跟她说话。这第三个灵魂一下子打断了两个灵魂私下的神交。

"哦，知道了。"她应了一声，便又在柜台后面坐下来。

他走了之后，她连忙把那本《一个灵魂私下的微笑》从头到尾翻了一遍，又拿起来甩了甩，发现里面并没有一张字条掉下来的时候，她不免有点失望。然而，"一个灵魂私下的微笑"不是比说任何话更有意思吗？

等到他再来的时候，他在货架上找了一会儿，然后走到柜台前面，问她："请问有没有一盒的圣诞卡，那边只有一张张的。"

她走出柜台去看了看，想起最后一盒圣诞卡早上卖了，回头跟他说："隔天会再送来，你隔天再来吧。"

"哦，好的。"

除了他头一天来租书店的那一次，这天是他们说话最多的一次。她看着他走出书店，朝学校的方向走去，身影消失在朦胧的远处，那一刻，一个突然而来的念头鼓舞了她。

夜里，她咬着笔杆，趴在床上，在一本空白的簿上想着要给他在圣诞卡上面写些什么。她写了"请常来租书店"，她很快就把这一句删掉，这一句听起来就像招揽生意。她又写了这一句："我们交个朋友好吗？"这句也不行，太幼稚了。结果，她写了满满的一张纸，还没有一句是满意的。

隔天，他再来的时候，身上换了一件套头毛衣。

"圣诞卡在那边。"她指了指墙壁上的货架。

他选了一盒二十张的圣诞卡，拿到柜台付钱。她从桌子底下摸出一盒十张的迷你圣诞卡，在他面前很快地晃了晃，说："这盒小的是送的。"然后把两盒圣诞卡一起放进胶袋里，在他还没来得及看清楚时就塞给了他。

他拿着两盒圣诞卡，犹疑了一会儿，想说什么又终究没说。

她的脸一下子发红，连忙低下头去，装作忙别的事情。待到他的脚步声逐渐远去之后，她才敢抬起头来。在她送给他的那盒迷你圣诞卡里，她在其中一张写上"你选的书全都是我也觉得很好看的，没想到我们这么接近。祝你圣诞快乐"。又写上她自己的名字，然后夹在第二张圣诞卡之后。这是对"一个灵魂私下的微笑"的微笑的回答。

然而，隔天他没来，那些小男生也两天没来，她才想起学校的圣诞假期已经开始了，怪不得他前一天没有租书。

在一天比一天长的日子里，她终于等到学校的假期结束。那群小男生又如常地进来围着外婆听故事，但郭轩华始终没有再出现。他是故意避开她，还是因为某些原因已经离开了学校，她无从知道。

经过了一个漫长的冬天，当公园里的洋紫荆翻翻腾腾地开过一遍，再度换上牵牛花开的时节，他始终没有来。新的学年开始，又来了一批新的小男生，一个个出神地听着外婆说那些她说了许多年的故事，也夹杂着一些新的故事。四季像往年一样地流转，一天的流逝又回复到他来之前那样。

圣诞节临近的一天，她接到旧同学沈露仪的电话，约她跟朱薇丽一起吃饭，每隔一段日子，她们三个会见个面聊天。她有好几个月没见过沈露仪了。

这天出门的时候，天气有点反常地冷，她围上几年前去世的父亲留下的一条深灰色羊毛围巾出去。这条围巾是父亲围了很多年的，围暖了。她很喜欢，觉得特别配自己。

她早了一点来到这家意大利小餐馆，她坐下来，把围巾除下，卷起来整整齐齐地放在旁边的椅子上，低头听着耳机里放的音乐。

过了一些时候，一个轻快的声音在她面前响起。

"对不起，你等了很久吗？"

她微微抬起头，看到跟沈露仪一起来的竟然就是郭轩华。她的脸紧了一紧，伸手去拉耳朵上的耳塞，一边的耳塞扯了下来，另一边却还半吊在肩膀上。

"让我来介绍，这是林珍欣，这是郭轩华。"沈露仪一边说一边把手套甩在桌子上。

他腼腆地点了点头。

"你们认识的吗？"

他朝她笑了笑，又朝沈露仪笑了，边坐边说："去年我当了三个月的代课老师，学校附近就是她家的租书店，我常去租书的。"

"原来是这样。"沈露仪说，又问，"朱薇丽呢？她不是和你一起来的吗？"

"她要带学生去表演小提琴。"她回答说。

"对啊！是圣诞节。"沈露仪喃喃地说。

她终于明白郭轩华为什么前一年圣诞假期之后没有再来。那顿饭，他和她都很少说话，大部分时间都是沈露仪在说话，并且时而用一种甜蜜的神情朝郭轩华望去。虽然她已经很努力去倾听沈露仪的每一句话，但她终归是茫然地想着其他事情。餐馆门外放着一座有一个人那么高的仿欧洲古董八音盒，是个拉手风琴的小丑，音乐丝丝缕缕流转的时候，他的头会轻轻从左边转到右边，又转回来。那首老歌她以前听过，是关于一对小情人的：在那段初恋无疾而终之后，女孩一直期盼着跟她的情人重逢。许多年后的一天，她到教堂参加一个旧同学的婚礼。在那个神圣的祭坛前面，她见到了她当年的小情人，他成了主持婚礼的神父。一瞬间，一种伤感笼罩着她。她曾经想过他们之间许多的可能性，他选择的路，却断绝了她今生的幻想。这首歌，就是女孩在诉说一个轻飘飘却无奈的故事。

这并不是她林珍欣的故事，却是他们重逢的调子。

吃过饭后，沈露仪问她："我们去看电影，你也一起去好吗？"

"不了，我要回去做功课。"

她离开小餐馆，独个儿朝苍茫的暮色走去。郭轩华会跟沈露仪提起那张圣诞卡的事吗？他们才认识了五个月，她是比沈露仪更早一点认识他的。那又怎样？现在她羞惭地意识到那个"灵魂私下的微笑"不过是她一厢情愿的傻笑，太丢人了。

走着走着的时候，她突然觉得脖子有点冷，这才发现自己把围巾遗留在椅子上。她连忙掉转脚跟往回走。那条围巾还在那里，孤零零地等着主人认领。桌子上三只他们用过的咖啡杯还没收拾。他的杯子里留下了咖啡的沉淀。她听说从沉淀可以占卜未来，她望着杯底出神，始终没看出什么来。那一层咖啡的沉淀不像预言，反而更像租书店里那段已逝的秋日时光，终会了无痕迹，被时间滤洗。

离开小餐馆，她朝露天广场走去。朱薇丽带着一群小孩子来参加音乐会。台下挤满了观众，台上一个合唱团在唱圣诗。

朱薇丽看到她，哆哆嗦嗦地跑过来，朝她微笑说："你不是跟沈露仪吃饭吗？"

"吃完了。"她说。

"今天很冷呢！"朱薇丽搓揉着手掌说。

她缩着脖子点头。

"沈露仪好吗？在电话里听说她交了男朋友。"

她酸溜溜地点了点头。

"那个男孩子是做什么工作的？"

"出版社的编辑。"

"那不像她会喜欢的人啊！"朱薇丽皱着鼻子说。

她没回答，在冷风中哆嗦。

"我们快出场了，你留下来听吧！"朱薇丽把她拉到台边。

她戳在那里，寂寞地听着圣诞佳音。

那些日子，真的是了无痕迹吗？

圣诞节之后的一天，她如常跟外婆在车站等车回去。一辆小货车停在盆栽店外面，工人把一盆盆卖不出去的圣诞花当作垃圾一样运走。

"其实那些花还很漂亮。"她说。

"没有人会把圣诞花留到明年圣诞的。"外婆说。

这句话突然穿过许多寻常日子在她心里回响。谁会留着同样的花度过新的时节？她怀里不是已经绽放过一株圣诞花吗？要是她不那么畏缩和羞怯，结果也许会不一样。

她常听的那个电台又开始招募唱片骑师，今年的口号是"你想要一个有点风险但刺激的人生吗？"，她寄出了一封应征信，并且用心制作了一段配上音乐的独白。不久之后，她接到电台通知她去面试的信。

这一天，电台的走廊上挤满来面试的人，他们叫她进去的时候，她没想到面试她的是她的偶像夏心桔。

"你的声音很好啊！就是有点紧张。"夏心桔说。然后，她用她那低沉而迷人的声音问："真的想要过一个有点风险但刺激的人生吗？那可能会有失业、失恋，甚至失意的可能啊！"

她嘴上带着微笑，笃定地点头。

到了三三两两的相思鸟栖息在春日枝头的时节，她已经退了学，在电台上班，连一向镇静的外婆也给她的改变吓了一跳。

在牵牛花开的时节，一个人闯进了她琐碎的日子里，然后又突然消失。一年后，在乍然相逢的失落里，他还给她的却再也不是琐碎，而是远方的地平线，那里，时间将有更美丽的脚步。

Channel A

第 四 章
租 书 店 的 圣 诞

在急症室外面等候的那一刻，她忽然发觉，
有没有被利用，有没有值得爱的地方，
甚至将来会不会成名，都不重要了。

林珍欣没想到会在租书店里再见到郭轩华，九月初的那天，她下午在店里帮忙，看到穿着凉爽衬衣的他走了进来。

　　她愣了一下，他羞怯地微笑，问："租书的手续还是跟以前一样吗？"

　　"哦，是的。"她戳在柜台后面说。

　　"有什么新书吗？"他问。

　　"你喜欢看犯罪小说吗？我有杰夫里·迪弗的《棺材舞者》。你有没有看过他的《人骨拼图》？"

　　杰夫里·迪弗的一系列侦探小说以全身瘫痪的神探林肯·莱姆当主角，是林珍欣近年最喜欢的侦探小说。

"当然看过，连《人骨拼图》的电影版都看了。这本新书好看吗？"

她雀跃地点头。

然后，郭轩华首先说："我回学校来教书，这一次不是代课，是长工。"

"哦，是吗？"她咧起嘴，没有继续说下去。

自从在那家意大利餐馆见过面之后，她一直躲着沈露仪。过了一段日子，沈露仪打电话给她，埋怨她自从当上唱片骑师之后就没找过自己。她推说是因为电台的工作太忙。沈露仪在电话那一头说："我跟他分手了。"

"你是说郭轩华？"

"还有谁？"

"为什么？"

"他不是我的类型，我也不是他那一类。"

"那为什么会开始？"

沈露仪笑了一下，说："有些人只是过渡。"

如果早点知道这个消息，林珍欣也许会比较高兴。这个消息却来晚了，最近，她和一个男孩交往。男孩名叫高田三，是一支新晋乐队的主音歌手，个子小小，不过，人很活泼俊俏。他们第一次见面，是在电台举办的小型音乐会上。她当司仪，他的乐队是其中一支表演队伍。音乐会结束之后，她在巴士站碰到他。

　　他尴尬地朝她笑了笑，说："你也是等巴士吗？"

　　她点了点头，看见他提着电吉他，穿着皮夹克等巴士的样子，心里觉得有点滑稽。

　　"我住在廉租屋。"他说。

　　她笑了一下，没搭腔。

　　他靠在栏杆上，问："你喜欢我们的歌吗？"

　　她点点头。

　　"我每晚都听你的节目。"他说。

　　她有点受宠若惊，不知道说些什么好。

　　他那双孩子气的眼睛朝她看，说："你的声音很好听。"

她的脸陡地红了，回应他一个羞涩的微笑。

那天晚上，巴士误点，车站只有他们两个人。他突然问："你会弹吉他吗？"

她摇了摇头。

"下次教你。"他自信满满地说。

她可没说过要学，却不知道怎样拒绝。

隔天晚上，她做节目的时候，高田三走了进来，说是来找朋友。她知道他是来找她的。他待在直播室，一直等到她差不多做完节目才告辞。第二天晚上，他又来了，趴在她面前睡着了。

醒来的时候，他抱歉地说："失眠几天了，听着你的声音好睡。"

"你在家里听收音机也可以。"她说。

他笑笑说："别人没我这么幸运，可以坐在这里。直到目前为止，这是当歌手最大的好处。"

她不能说自己一点也不感动。高田三不是她喜欢的类型。

她不喜欢穿皮夹克、弹电吉他，手上戴着银戒指的男孩，她也不认为这种人会喜欢她。

"你为什么老是盯着我的手指。"那天晚上，他在直播室里问。

"没什么。"她尴尬地说。

第二天，他再来的时候，经常戴在手上的几枚银戒指不见了。他的聪明感动了她。渐渐地，她习惯了他有事没事都来直播室走走。她每天主持两个节目，一个在半夜，一个在中午。她常播他们那支乐队的歌。他歌唱得好，知音却不多。

有天晚上，他出席一场音乐会之后，来直播室找她。

他沮丧地趴在桌子上，一句话也没说。

"有事吗？"她关心地问。

他摇了摇头，继续趴着，突然又直起身子说："我们出场的时候，观众喝倒彩。"

她难过地朝他看，说："很多红歌星以前都被人喝倒彩。"

"就知道你会这样说。"他没精打采地说。

"你们会成名的。"她不知道自己为什么这样说，也许是预感吧。

"等到我成名了，我会请你看我们的每一场演唱会。"他甜甜地说。

他是喜欢她的吧？她心里想。不然他为什么天天来？为什么老是在她面前那样孩子气？他有时会带自己喜欢的唱片来，央求她在节目里播。他会打电话跟她聊天，追着问："你什么时候跟我学吉他？将来我红了，可就没时间教你了。"

她咯咯地笑，没法想象将来的事。他既然喜欢她，为什么从来不说？好像是在等她开口。他要是稍微了解她，就知道她是不会开口的。

终于有一天晚上，他离开直播室的时候，给了她一张门票，说："明天我们在大学有个音乐会，你能来吗？"

她独个儿去了那场音乐会。高田三满怀感情地唱出自己写的一首新歌，一首很动听的歌。他的歌声把台下的人都吸引住，那一刻，她发现自己喜欢上了台上的他。她一直以为自己不会喜欢这类型的男孩，命运却爱跟她开玩笑。

回去的路上，她接到高田三的电话。他紧张地问："为什么找不到你？"

"我走了。"

"为什么不等我？"

"很多人包围着你呢！恭喜你！"

"你喜欢我的新歌吗？"他患得患失地问。

"嗯，很好听。"

那支歌说的是一个男孩的爱情和梦想。她总觉得歌词里有些话是他对她说的。隔天到租书店帮忙时，郭轩华却来了。他的样子一点也没变，话比以前多。

"我听到你在电台主持节目。"他说。

"哦，是的。"

"你的声音很像一个人。"

"谁？"她问。

她以为他说的是夏心桔。他说：

"邢立珺。我初中时每晚都听着她的节目做功课。"

"我也是。"她说。

"她的声音那么动听，我怎么可能像她？"她羞涩地说。

郭轩华为什么不早点来？前一天晚上，她离开音乐会。高田三知道她走了，在电话那一头说："你在哪里？我来找你。"

他来了，跑得浑身是汗，脸上带着兴奋的神色。

"很多人喜欢我的新歌。"他说。

"我打算明天在节目里播。"她说。

他突然拉住她的手，说："我们去庆祝！"

郭轩华要是早一点来，她的故事也许会不一样。

她把那本《棺材舞者》交给他，她刚看完，还没放到书架上去。就在这个时候，高田三走了进来，像前几次一样，他很熟络地钻进柜台，把唱机里的唱片换掉，播的是他前一天唱的新歌。

"我带了这首歌给你。"高田三亲昵地说。

她尴尬地看了看郭轩华，郭轩华脸上的表情有点愕然。她不知道说些什么好，他拿了书，道了一声再见，走出租书店。

"那个人是你朋友吗？"高田三问。

"呃，是我朋友以前的男朋友。"

"有点土。"高田三说。

"我也很土。"她说。

他露出一弯迷人的浅笑，说："你不土。"

她突然有些迷惘。高田三真的喜欢她吗？看着郭轩华离去的背影，她心里竟是有点怜惜的。

"他是不是喜欢你？"高田三问。

"谁说的？"

"他的眼神说的。"

"不会啦！"

"你今天晚上会播这支歌吗？"

她点了点头。

"你会留心歌词的吧？"他那双眼睛动人心弦地朝她看。

她的脸红了。

然后，他说："今晚见。"

他走了，她心里却有点混乱。待到夜里，她在节目里播那首歌的时候，心里竟想着郭轩华也许会听到。

两天后，郭轩华来还书，他脸上的神情有点不自然。

"书好看吗？"她问。

他点了点头，又去看书。

外婆在椅子上懒懒地打盹儿。她躲在柜台后面看书，眼睛没看他。郭轩华会以为她和高田三是什么关系？他在乎吗？他会失望吗？她不明白自己为什么想要知道他的感觉。

他借了一本书，登记的时候，他说："你朋友那天播的歌很好听。"

"是他唱的。"

"哦。"他明白了，问，"他是歌手？"

她点了一下头，在他眼里看到了酸涩的神色。

以后的几天，她没去租书店，不知道他有没有来。后来有一天，她在一家时装店的橱窗前面碰到他。

她想给自己买些衣服。商店橱窗里放着两套衣服，一套比较素净，是她喜欢的，一套比较新潮，是高田三会喜欢的。她不知道该试试哪一套。

这个时候，背后有人叫她，是郭轩华，他手里拿着一袋新书，刚从书店走出来。

"真巧。"他说。然后，他指着素净的那套衣服，说，"你穿这些衣服会好看。"

她讶异地朝他看，他尴尬地说："只是我的意见。"

结果，她两套衣服都买了。穿了新潮的衣服上班的那天，高田三并没有来找她。他近来很忙。他那首新歌唱得很好，她就知道他是有才华的。

无数个夜晚，她一个人待在直播室里，时而朝直播室的大门看，希望下一刻推门进来的会是他。她发觉自己一点也不了解男孩子。她不大搭理他的时候，他很在乎她似的，当她想念他，他却又不在乎了。

直到一天傍晚，她在电台走廊上碰到他，他缠着另一个女唱片骑师，甜甜地说："你会播我的歌吧？"

她恍然明白了。

他转过头来看到她时，脸上的神色有点尴尬，很快又变得亲切地朝她说："珍欣，你好吗？"

她仍然相信他是会成名的，到了那时候，他再也不需要用他俊美的色相去讨好她们这些唱片骑师，期望她们多播点他的歌。

半夜里，她做完节目，一个人躲起来听歌。她起初并没有喜欢高田三，如今为什么会有伤心的感觉？她是为自己的天真伤心，她怎么没想到她手上握着在节目里播歌的权力？她伤心不是因为感到自己被利用了，而是发现自己并没有值得爱的地方。

后来有一天，她在电台主办的一场音乐会上碰到他。他出场时，台下一大群年轻的女歌迷声嘶力竭地喊着他的名字，跟以前那种落寞，完全是两回事。

她回后台时碰到他，他靠在灯火阑珊的走道上抽烟。她以前没见过他抽烟。看见她时，他直了身子。她点了一下头，打他身旁走过。

"成名的感觉真好，像拥有全世界。"他说。

她笑了一下，没回答，瞥见他手上戴着几枚闪闪亮亮的银戒指。

她想，他也许从来就没有打算不再戴这些银戒指。

这个时候，她的手机响起，是母亲找她，告诉她，外婆在家里昏倒，给送去了医院。那是个难熬的夜晚，外婆患的是心脏病，要不是及时送到医院，也许连性命都保不住。在急症室外面等候的那一刻，她忽然发觉，有没有被利用，有没有值得爱的地方，甚至将来会不会成名，都不重要了。

外婆虽然康复过来，但租书店再也做不下去了。自从她进了电台工作，就只有外婆一个人支撑着整间租书店，终于累坏了。

外婆纵有多么舍不得外公留下的这片租书店，也不得不放弃。这是林珍欣长大的地方，她又何尝舍得？但是，人生总有告别的时刻，就像高田三唱红了的那支歌，歌词说："我要走我的路，是告别的时候。"

那天，她在租书店里把东西打包的时候，郭轩华来了。

"我听到你在节目里说，你外婆生病了。她还好吗？"

"是心脏病，做了手术，已经出院了，没什么大碍，但我们不放心让她回来工作。"停了一下，她说，"书店要关门了。这些书，我打算送去给图书馆。"

他眼里满是怅然的神色，放下手里的书，说："我来帮你。"

他没想到，他来了，她却要走了。他辞去出版社的工作，回来学校教书，无非是希望可以再见到她。他说不出喜欢她什么，她喜欢的书，他也喜欢。她播的歌，也是他爱听的。他和沈露仪分手，难道没有一点是因为她吗？在那家意大利小餐馆再见到林珍欣的那天，他恍然明白自己喜欢的是她。他不知多么懊悔没有早一点打开她送的圣诞卡，后来却已经晚了。

"我和她分开了。"他说。也许是知道离别的时刻来临，再不说就没机会了，纵使她也许会觉得他唐突。

"我知道。"她朝他微笑，然后什么也没说。

租书店隔壁的花店已经堆满了圣诞花，往年这个时候，她和外婆会把书店布置一下，今年却连圣诞卡都没有再卖了。

"你那年送我的那种迷你圣诞卡，今年还有吗？"他突然问。停了一下，又说，"我直到去年圣诞才用到第三张圣诞卡，可以送圣诞卡的朋友愈来愈少了。"他说着说着脸红了。

她恍然明白，他在一年后才看到那张圣诞卡。

她百感交集地朝他看。她送给他的那张圣诞卡，就像一封寄失了的信，她以为已经落空了，而隔了漫长的日子，那封信却又突然出现，提醒她，故事还没有完。

"那种圣诞卡不卖的，你要的话，我可以送给你。"脸上漾着发自心底的微笑，她跟他说。

Channel A

第 五 章
第 三 张 圣 诞 卡

有多少人，也同他们一样，
不过是彼此生命中某段日子的过渡。
那种短暂的感情，
仍然会有甜蜜的时刻，只是那些时刻比较少；
仍然会有忌妒的波澜，不过那些波澜也不汹涌。

他们第一次见面是在一间喧闹的茶室里。他接到陈平澳的电话，要他带个口信去那里给一个女孩子。

"你叫她对我死心吧！总之想个办法将她打发。"

"这不太好吧？"他为难地说。

"我再见她，她又会对我有幻想。我这是为了她好。"陈平澳用一副悲天悯人的口吻说。

"我没见过她，还是你自己去比较好。"

"放心吧！她不会吃人的，况且我现在真的走不开。她叫沈露仪，大眼睛长头发的。"

他想说不，陈平澳已经把电话挂断，他只好换过衣服匆匆赶去茶室。有时候，连他自己都不明白，他和陈平澳为什么能够成为好朋友。他们从中学一年级到大学都是同学，两个人的性格却南辕北辙。陈平澳是个万人迷，长得俊俏，画画又漂亮，从小到大都被女孩子簇拥。他自己却是个不擅交际的书虫。

走进茶室的时候，他看到其中一个厢座里坐着一个身材细瘦的女孩，一直盯着茶室门口，好像等人似的。他想，这个应该就是他要找的人了。

他硬着头皮走到她跟前，问："你是不是沈露仪？"

女孩盯着他看："你是谁？"

"是陈平澳叫我来找你的，我叫郭轩华。"

"他呢？他自己为什么不来？"

"他有事不能来。"他撒了个谎。然后，他问："我可以坐下来吗？"

女孩没回答，死命咬住嘴唇，很想不哭，眼泪却已汪汪。

他小心翼翼地坐在她面前，生怕惊动了她。

女孩突然朝他抬起头，声音沙哑地说："我可以在这里等他，他什么时候来？"

"我想，他是不会来了。"他支支吾吾地说。有那么一刻，他觉得自己像个刽子手，正要处决这个女人。

女孩睁着那双可怜的大眼睛，问："他是不是喜欢了别人？"

那双像小狗般漆黑的眼眸朝他辉映着，充满了哀凄和惆怅。

"我也不知道。"他耸耸肩。

"他在哪里？你带我去找他好吗？"她的声音颤抖着。

"我也不知道他在哪里。"他抱歉地说。

一颗眼泪从她脸上滚落，掉到她面前那杯喝了一半的奶茶里，她喃喃地说："我早就应该猜到了。他约我来这种地方见面，根本就不想回到我身边。"

"这间嘈杂的茶室的确不是谈情的地方。"他心里想。

她那张脸皱成一团，无语。那一刻，他才发觉她穿了一件细带背心，领口开得很低。他不敢正眼看她，只好把视线移到她头顶。

"他为什么派你来？"这句话不像个问题，反而像是哀鸣。她的眼泪突然飞射而出，哇的一声趴在桌子上号哭。

"呃，你别这样！"他慌乱地制止她，却发现自己一点也没有处理这种事情的经验。

茶室里的人都朝他这边看，仿佛他才是那个始乱终弃的负心人。

"带我离开这里！"她撑起身子，软弱地哀求。

他大大松了一口气，匆匆结了账，带她离开茶室，离开背后那些好奇的目光。

从茶室出来，他觉得是时候告别了，然而，看到她那副无助的样子，他心软了，提议送她回家。

"就在附近。"她说，然后走在前头。

他跟在她后面，看着那个细小的背影摇摇晃晃地走在路上。他很遗憾自己成了宣告她的爱情死亡的那个人。

女孩突然走进一家小旅馆。他愣了愣，跟着走进去，问她："你住在这里的吗？"

"六楼。"她一边走进电梯一边说。

他只好跟着她。

电梯来到六楼,她从皮包里摸出一把钥匙,穿过走廊,打开其中一个房间的门,将他拉了进去。

他发现里面只有一张双人床,床上的被子掀开了,似乎有人在上面躺过一会儿。她揽着身上的皮包坐在床边,朝他抬起那张挂满泪痕的脸,说:

"去茶室之前,我租了这个房间,我以为,只要他来见我,我再带他来这里,然后我们亲热,就可以当作什么事都没发生。"

他一直站在门后,有点气她竟然把他扯进来。

"我们走吧。"他说。

"我不走。"她说

"那我自己走好了。"他转过头去。

"你走吧,我不会从这里跳下去的。"她一边走过去拉开窗帘一边说。

他连忙掉转头劝她："你千万别那样，他不值得的。"

"我也知道。"她可怜兮兮地说，"你只要陪我一会儿就好了。"

现在，他走也不是，留下也不是，唯有坐在角落的一张椅子里，跟她对峙着。

她脱掉脚上的鞋子，斜靠在床上。

"你跟陈平澳认识很久了吗？"她问。

"我们从初一开始同班。"他回答。

"我从没见过你。"

"我们不是常常见面的那种朋友。"

"他一直都有很多女朋友，对吗？"

他点了点头。

"我真是有眼无珠，他本来就很花心。"

"他的本性其实很善良。"

"一个善良的人会像他那样无情吗？"

"他只是不懂处理感情。"他为陈平澳辩护。

"我不知道他有什么好。"她叹了口气。

"他画画很漂亮。"

"他没上进心。"

"他是有点怀才不遇。"

"是他自暴自弃。"

他不同意："他只是有点浪子性格。"

"他只爱自己。"她不忿地说。

"他对朋友很好的。"

"但他对女朋友不好,他不专一。"

"他其实没那么差劲。"

突然间,他发现自己竟然不断为陈平澳说好话,而沈露仪却不停说陈平澳的坏话。他们不是应该倒转过来的吗?她会因为还爱他而美化他的一切,他会因为想她对陈平澳死心而说陈平澳不是个好男人,应该是那样才对的。

"他好像比我认识的还要好很多。"她伤心地说。

"呃,不是的,朋友会比较护短。"他说。

"有你这个朋友真的不错。"她又忍不住哭了起来。

"别哭了。"他说。

"我不知道以后怎么办。"她抹了一把眼泪说。

"时间会治疗一切的。"他安慰她说。

"但是,利息也是一天天加上去的。"

"利息?"他一脸错愕。

"我向财务公司借了两万块钱给他。"她睁着一双困倦的眼睛说。

"他这个人真是的!他一向不擅理财。"

"你认为他会还钱给我吗?我根本没能力还钱,我不过是个学生。"

"有钱的话,他一定会还的,问题只是时间迟早。"他苦笑了一下。

"我想睡了,你不要走。"她转过身去投向旁边的枕头。

他也累坏了,缩在椅子里睡了一夜,守护着她。

第二天早上醒来的时候,他听到她如厕的声音。这么接近地听到一个刚相识的女孩发自身体里的声音,毕竟让他有点窘迫。

她从洗手间出来的时候，已经梳洗过了，哭过的眼睛带上一双大眼袋。

"我走了。"他说。

"你的手机呢？"她问。

"什么事？"他把手机从口袋里摸出来。

"拿来。"她抢过来，按了几个键。

"这是我的电话号码，你的号码也给我。"

她一边说一边把自己的手机交给他。

几天之后，是他首先拨电话给她的。

接电话的时候，她在铜锣湾一个投注站。

"你可以过来这边找我。"她说。她告诉他，她在赛马会投注站兼职柜位员。

她在一号窗口当值，他排在下注的队伍后面。轮到他时，他递了一张支票给她。

"我们不接受支票下注的。"她说。

"给你的。"他腼腆地说。

她看了看支票上的银码，愕然地望着他。

"你拿去还清财务公司的债吧。"他说。

"我不能拿你的钱。"她既感动又惭愧。

"没关系的。"他说。

他转身离去的时候，她在后面叫住他。

他回过头来。她问："你要不要买一张六合彩？这一期的头奖有五千万奖金。"

"不用了。"他说。他从来没什么中奖的好运道。

"我帮你买一张好了。"她坚持。

走出投注站的时候，他以为故事已经结束了，他只是不忍心看着她背上一身债。那两万块钱比他在教科书出版社当编辑的薪水还要多，可谁叫他有陈平澳这个朋友？

隔天，他接到她的电话。

"你中了六合彩！"她说。

他吃了一惊："不是吧？"

"真的！今晚八点钟，我在那间茶室等你，你能来吗？"

他虽然自问并不贪婪，可是，不会有一个人知道自己中了六合彩也不去领奖的吧？

他去了那间茶室。她坐在那天的厢座里，看到他进来时，使劲地朝他挥手。

他在她对面坐了下来，发现她比第一次见面时好了很多，没想到女人复原的速度是那么厉害。

"你要吃些什么？"她问。

他点了一杯柠檬茶，她点了海鲜汤、西红柿鸡蛋炒饭和洋葱牛肉炒面。

她神秘地笑笑，然后在背包里摸出那张六合彩的彩票给他："恭喜你，你中了安慰奖！我已经代你领了奖金。"

他突然觉得整件事很滑稽。来的时候，他想过自己中的可能是头奖，或者三等奖，就是没想过安慰奖。

那笔奖金刚好足够他们吃一顿晚饭。吃过饭后，他们在街上晃荡。

"我已经把财务公司的钱还清了。"她一边说一边打开身上的钱包，掏出收据给他看。

"你留着吧。"

"你人真好。"

他无奈地笑了笑。

"我已经没那么想念他了。"她突然说。

"那就好了。"

他朝她看，却发觉她眼里噙着泪水。

"我真的不那么想他了。"她重复一遍，泪眼却更蒙眬，那张忧郁的小嘴抿成一条细线。

他看着也觉得难过，一直陪她在街上逛。失恋女人都是精力旺盛的，那天和以后的几天，他差不多都陪她逛到半夜。

那阵子，她每隔几天就会找他，有时他们会一起吃饭，或者去看一场电影。一天，两个人看电影的时候，她的头突然朝他的肩膀靠去，像靠着一床温暖的被子那样。那不是被子，是他被扰乱了的心湖。

他们走在一起，仿佛是理所当然的。相处的日子里，他发觉和她有很多地方不相似。他爱窝在家里看书，她喜欢逛街。他们对音乐的品位完全不一样。他们即使看同一部电影，也没有共鸣。她有时会跟他争辩一些观点，他不太会坚持自己的意见。他不喜欢吵架，也觉得男人应该迁就女朋友。

一个周末，她约了旧同学吃饭，把他拉去了。

"你也该认识一下我的中学同学，她们比你那个同学好太多了。"她语带嘲讽地说。

来到意大利小餐馆的时候，他惊讶地发现她的旧同学就是租书店的女孩林珍欣。他曾在租书店附近的那所小学代了三个月的英文课。发现那家租书店之后，他隔天就去租书。当所有的书他几乎都租过之后，他重复租了其中一本小说，只是为了找个借口去书店。

他和林珍欣几乎没说过什么，谈的都是租书和还书的事情。然而，那个秋天，他人生的时序好像有点不一样了。租书和还书的日子是相隔两天的，他的日子也好像两天两天地过，是从等待过渡到相见。每一次，他都带着一个愉快的希望走进租书店，以为自己这一次会有勇气跟她聊天。可惜，她总是躲在柜台后面静静地低着头看书，他也就有点怯场了。

那三个月的代课生涯在圣诞节前结束。最后一次去租书店的时候，他本来想告诉她的。但是，她那天好像很忙，匆匆把他要的圣诞卡塞给他，他的话也就此打住了。

他没想到，一年后，他们会再见面，他身边却有了另一个女孩，并且她们是朋友。他有点窘迫，话说得很少。林珍欣的话也很少，那个晚上，几乎都是沈露仪在说话。那阵子，他们两个每次见面的时候，都已经没有什么话题了。那天在林珍欣面前，他们才反而像一对情侣，她会时而幸福地朝他微笑，把头轻轻靠向他。

他竟然对这种亲昵有点不习惯。

那天之后，他们见面的次数愈来愈少，似乎大家都提不起劲了。一天，他们在电话里有一搭没一搭地聊着，她突然说："为什么除了第一次之外，每次都是我找你，你从来不找我？"

她的声音听起来是那么平静，似乎并没有伤心或生气。

那个电话挂断之后，他们的故事也挂了。正如她说，他们一起，不过是泛滥的同情心和失恋的寂寞遇上了，然后才发觉根本是大家走错了方向，那就只好回到该走的路上。

不管怎样，她终究令他对女人的认识多了一点。他对她还是有歉意的，抱歉自己没能做得好一些。也许，他们的故事并不特别。有多少人，也同他们一样，不过是彼此生命中某段日子的过渡。那种短暂的感情，仍然会有甜蜜的时刻，只是那些时刻比较少；仍然会有忌妒的波澜，不过那些波澜也不汹涌。

圣诞节临近的时候，他找出一年前的那盒圣诞卡。这盒迷你的圣诞卡是林珍欣送他的，当时说是赠品，他只用了两张。他寄出去的圣诞卡一年比一年少，现在只剩下一个人要寄。

他每年都会寄一张圣诞卡给陈平澳，这是从初一那年就开始的习惯。陈平澳也会回他一张。

当他打开那盒圣诞卡，翻开最上面的那一张时，发觉那张卡片上面用小而方正的字体写着：

　　你选的书全都是我也觉得很好看的，没想到我们
这么接近。祝你圣诞快乐。

　　　　　　　　　　　　　　　　　林珍欣

　　他为什么迟了一年才发现？就像一支唱晚了一年的歌，心
情不同了，环境也改变了，再好的歌，也不免成了余音。

Channel A

第 六 章
不 存 在 的 桃 源

那种卑微堕落的感觉终于让她明白，

她那样爱一个人，

只是因为不够爱自己。

是爱吗？那种想回到他身边，想被他再一次欺负和抛弃的感觉，未免太不自爱。然而，再见到他的那一瞬间，涌上她心头的，就是这种希望。只要能跟他一起，什么都不重要了。这种想法多么卑微，又多么疯狂。她不知道，那是因为她始终希望在另一个人身上寻找温暖，还是她不够爱自己。

这一天，沈露仪在赛马会投注站的柜台里当值。接近关门的时候，人不多，她低着头点算收款机里的钱。然后，有人把一堆零钱咚咚咚地放在柜台上，她猛地抬起头来，看到陈平澳低着头，从口袋里再挖出一个五毛钱，说："给我一张六合彩票。"

他这才发现站在柜台里的是她。他先是有点脸红，然后，又恢复了若无其事的神情，说："你在这里上班吗？"

"旧的那个投注站关了。"她温柔地说，心却跳得厉害。

她数数看，他刚好凑够二十块钱买一张隔天开奖的六合彩票。

她递给他一张六合彩票，他放在口袋里。就如同他辜负过的几个女孩子一样，他对她是有点愧疚的。分手的时候，他甚至不敢面对她，把她就那样丢给郭轩华。

为了弥补某种歉疚，他问了一句："你最近好吗？"

一瞬间，一阵鼻酸涌上喉头，她努力带着已经复原的微笑，朝他说："我下班了，你等我一下。"她弯下身去拿她的背包。

他倒是有点腼腆了。他从来就没有和已经分手的女朋友再走在一起。她们离他以后，都巴不得永远不再见他。

沈露仪从柜台里走出来。到了投注站外面，她朝他说："我饿坏了，陪我吃点东西好吗？"

"呃，好的。"他回答说。

两个人来到一家茶室，她找了个比较安静的角落，点了一份西红柿鸡蛋炒饭和一份洋葱牛肉炒面。这两样都是他以前喜欢的。穷日子里，他们爱光顾不同的茶室，专挑这两样东西吃。他会像个专家似的，比较每个地方做的西红柿鸡蛋炒饭和洋葱牛肉炒面。

"你现在住在这附近吗？"她问。

他点了点头："是我姐姐的房子。她卖不出去，就让我看房子。"

"旧房子现在很难脱手。"她说。

"那倒好，我可以一直住下去。"然后，他又问，"你什么时候毕业？"

她眼睛朝他看，说："我毕业了，在律师行上班。"

"那很好啊，现在刚毕业的律师很难找工作。"

"是教授推荐我的。"

"那你为什么还在投注站兼职？"

"星期天不用上班，我想赚点钱。"她说。

"给上司看到你在这种地方兼职，不太好。"他说。

"他不赌钱的。"她笑笑说。

他耸耸肩，尴尬地点点头。

"你还是在以前的地方上班吗？"

"嗯。"那双失意的眼睛朝她看。

"你送给我的油画，我还留着。"

"等到我死了，说不定就值钱了。"他不无自嘲地说。

"到时候我也不一定会卖。"

他突然感到心头一阵温暖。眼前这个他辜负了的善良女孩，竟然没有恨他。可惜，她将会有美好的前途，而他的将来，也许比现在更糟糕。她该配一个爱她宠她，条件好得多的男人，而不是像他这种男人。

这个想法让他有点沮丧，他拿起餐桌上的账单，想去结账。

"让我来吧！"她抢了账单去付钱。

她知道，这一刻，他口袋里一定没钱。他把身上的零钱都用来买了六合彩票。每次没钱的时候，他就会赌气地这样做。

"我送你去坐车。"走出茶室的时候，他说。

"你那张六合彩票呢？"她问。

他摸摸口袋，问："什么事？"

"拿来。"她一边说一边从背包掏出她的电子记事簿。

他把六合彩票摸出来，她抄下了号码。

"中了奖的话，我会告诉你。你常常忘记对号码。"然后，她说，"不用送了，我走啦！你的电话号码还是跟以前一样吗？"她回头问。

他点点头。看着她没入拥挤的人群里，他突然好想叫住她，问她想不想看看他住的地方。她也许会愿意，也许不。然而，他马上责备自己这种想法，他不过是寂寞，想骗她陪他一晚。

她走进地下铁站，没回头看。刚才那一刻，假如她说，她想看看他住的地方，他是会答应的。她看得出他现在没有女朋友，她也看得出他那副寂寞的神情。她是想跟他回家的，但她知道，这样回去的话，他们的故事还是会跟从前一样。她会愈来愈在乎他，而他会再一次逃跑。她并不是要吊他胃口；她要吊的，是自己那种想回去他身边的欲望。那种欲望，会让她堕落。

明明知道那是堕落，她还是希望这一次会不一样。也许，真的不一样了，他中了六合彩。

她打电话告诉他，他听起来很高兴，在电话那一头说："我请你吃饭庆祝！"

赴约的路上，他有点茫然。他是在走运吗？然而，他头一次中六合彩三等奖，却有许多人同时中奖。他的命运大抵也是如此，上天老是作弄他。他从小就很有绘画的天分，在大学里修读美术时，他的油画画得很出色，他以为自己将来会成为画家的。可惜，他的画卖不到钱，只能在一家杂志社当设计员，偶尔画一些插图。几年来，他换了几家杂志社，工作不见得如意。他那双用来绘画的手，都快要废掉了。

他爱上赌马，赌的其实是自己的命运，他要看看自己到底有多倒霉。他不停换女朋友，害怕那些女孩想和他过一辈子。他知道自己是不值得的。与其说他对爱情的不认真乃是出于轻浮，倒不如说他压根儿不相信自己能为一个女人守住承诺。

他身体里流着的是他父亲的血。十八岁那年，他在戏院里碰到他父亲和一个女人一起看戏。那是个庸脂俗粉的女人，绝对不能跟他贤惠的母亲相比。

那天，他避开了父亲。他听说父亲在外面有不少风流韵事，却从来没有亲眼看到。他为母亲不值。然而，到头来，他不也是像他那个浪荡的父亲吗？

和沈露仪一起的时候，一天晚上，他们去看一出法国电影，在戏院外面碰到他父亲和一个胖胖的中年女人一起看戏。这一次，他避不开。父亲先是有点尴尬，然后主动走过来跟他说话，似乎是刻意和他友好，希望他能保守秘密。

父亲走了。他没告诉沈露仪这是他父亲。看完戏后，他一直默默不语。回去的路上，她滔滔不绝地跟他讨论剧情，他觉得烦厌，愈走愈快，直到不知走了多久，才发觉她不在身边。

他把她丢在街上了。就在那一瞬间，他知道该把她放走。

他推门走进那家餐馆，沈露仪穿得漂漂亮亮地在等他。

"你今天很好看。"他赞赏地说。

"头一次来这种高级地方嘛！"然后，她小声问，"这里的东西会不会很贵？"

他扬扬手，说："没关系！"她朝他笑了。他还是没有改变，有钱的时候绝不吝啬。和他一起的日子，他曾告诉她一句拉丁文的箴言：Carpe Diem，对酒当歌，及时行乐的意思。那天，他得意地说："我爸常常这样说。"

他告诉她，他父亲梦想当导演，结果却当了一辈子的副导演。那个导演梦，大概是白日梦。关于父亲，他就只说了这么多。

她却一直记着 Carpe Diem。

结账之后，他把一卷钞票塞给她。

"我欠你的。"

"欠财务公司的钱，我已经还了。"她说。

"你哪儿来这么多钱？"他讶异地问。

"是郭轩华替我还的。你那天不是要他来找我吗？我告诉了他。"

他摇了摇头："他这个人真是好得没话说，不愧是我最好的朋友！这些钱，你还是留着吧！你现在是律师，总得有几套体面的衣服。钱我会还给郭轩华的。"

她抬起眼睛朝他看，终于说："我和他一起过，现在没有了。"

陈平澳先是愣住了，然后生气地说："他算哪门子朋友！我叫他去找你，他竟然勾引你！"

"他可能不敢告诉你！"

"看不出他是个狗崽子！"

"是你把我丢给他的！"

他霍地站起来，怒冲冲地说："我非要教训他不可！我看他有什么话说。"

她很后悔自己说了，她没想到他会那么生气。她以为他已经不在乎，可男人原来还是跟女人一样，自己不要的东西，也不想别人得到。

"你别去！"她在餐馆外面拉着他。

"这是我们男人的事，你别理！这么没义气的人，我不会放过他！"

她死命拉住他，还是给他甩开了。

她戳在人行道上，不免责怪自己。她的坦白，是由于不想隐瞒，还是想挑起他的忌妒，看看他是否在乎？她是多么地狡诈，利用这两个男人的友情来证明她的爱情。

她茫然地不知道待了多久，以为他会像看法国电影的那天一样，把她丢在街上。突然，她看到他朝她走来，身影愈来愈大，直到她发现他眼里的恼怒不见了，像只打败了的狗儿似的，问她："他对你好吗？"

她用力地点头。

"那我放过他。"他耸耸肩膀，潇洒的样子。

"下星期是我的毕业典礼，你能来吗？"她问。

他点了点头。

她笑了。她一直希望他能出席她的毕业典礼。分开之后，她以为已经不可能了，没想到他能来。

第二天，她把陈平澳给她的钱存进银行里。她不打算动用这笔钱，这些钱，是他们重逢的礼物。况且，有一天，也许他会需要这笔钱。

她曾经发誓绝不会爱上一个像自己父亲那样不忠的男人。然而，她却不得不承认，在这个男人身上，她看到了父亲的影子。她父亲有两位太太，她是二太太生的。她母亲没有正式的名分。小时候，父亲常常来看她。父亲对她的疼爱，也许超过了他跟发妻所生的那三个孩子。可是，这样的家是不圆满的。

她在投注站工作的时候认识了来投注的陈平澳。他很斯文，又长得好看，像个大学生的模样，不像投注站里其他的人。第一次见面时，他掏空了口袋里的零钱，想要买一张六合彩票，最后还欠了五毛钱。

"我这里有！"她从毛衣口袋里掏出吃午饭时找赎回来的一

个五毛钱。

他腼腆地笑了："谢谢你。"

他看起来不像是为了想赢钱而赌钱的人。赌钱的人，没有不想赢的，然而，陈平澳看来就是那种要看看自己能输掉多少的人。

后来，她在他家里看到他画的那些油画。就在那一刻，她发现自己爱上了他。

"你常常带女孩子来看你的画吗？"她斜眼看着他。

"你是第一个。"

她义无反顾地相信了。她替他可惜，他的画画得那么好，却没有太多懂得欣赏的人。她终于明白，他赌钱的确是为了要输，他要证明自己是个失败者。

她想起林珍欣的母亲是著名的童书作家邱莉华，她的书也许需要插图。她拿了几张他的画给林珍欣看，要林珍欣拿回去给她母亲看看。

邱莉华看了那些画很喜欢。回去之后，沈露仪雀跃地告诉陈平澳："她想你帮她的书画插画！"

"是什么书？"

"儿童故事。"

他脸上流露出失望的神情。她知道这份工作有点委屈他，但这毕竟是个机会。

"应该难不倒你吧？"她故意气他。

他轻佻地笑了笑，问："什么时候要？"

然而，他终究没有交出一张画。

她是失望的，但她告诉自己，也许有一天他会改变，他会变得积极和进取，只要机会来到，他会变得不一样。

然而，她不知道是机会没来，还是他把机会浪掷了。他爱上赌博，债台高筑，她把所有积蓄都拿去替他还债。

"我会还给你的。"他说。

想离开他的时候，她总会想起那些快乐的日子。他送了她一张画，是个世外桃源，茂密的树林中，有一条幽微的小径。

"世上真有这个地方吗？"她问。

"将来有机会，我会带你去看。"他说。

她不知道世上是不是有画中的那个地方，她只是向往和他一起去寻觅一个桃源。那样的想法，是属于年轻的日子的。

可惜，他不但赌钱，也赌他们的感情。自从看完那部法国电影之后，他开始对她冷淡，有时连续几天都不给她一个电话。她像个傻瓜似的，待在家里天天等他的电话。

她生日的那天，他答应陪她吃饭。她穿了一身漂亮的衣服到他的公寓去，他却整夜没回来。她脸上的妆都糊了，可她没离开，她要跟他比耐力，无论如何也要等他回来。她不愿走出公寓，每天只叫外卖。

她终究是输了，他一星期都没回来。

她一星期没换衣服，那种卑微堕落的感觉终于让她明白，她那样爱一个人，只是因为不够爱自己。

后来，她终于找到他了。他约她在茶室见面，来的却是郭轩华。就像那天把她丢在街上一样，他把她丢给朋友。

她跟郭轩华一起，是为了忘记他。然而，她不但忘不了他，更发觉自己爱的依旧是那个不曾存在的桃源。

毕业典礼的这一天，她戳在礼堂外面一直等一直等。甜蜜的日子里，他曾经许诺：

"你喜欢什么花？到时候我带一束花来你的毕业典礼。"

她幸福地蜷在他怀里，说："什么花都好。"

毕业典礼结束了，她看不见花。她的希望再一次落空。同学们拉着她去拍照，有人把怀里的一束红玫瑰借给她。

她朝远处的草地看去，并没一个特地为她赶来的男人。他在乎吗？还是一直以来，只有她在乎？

她并没有自己想象的那么难过。这个浪荡的男人教会了她Carpe Diem，也教会了她，在别人身上寻找温暖，是注定要失望的。

Channel A

第 七 章
难 忘 的 气 息

也许，这种爱情就像油画里的留白，

无法刻意去经营，

只能仰赖灵光乍现。

空荡荡的车厢里，只剩下陈平澳一个人，司机转过头来看了看，确定他没打算下车，关上车门往回走。巴士驶在颠簸的山路时，陈平澳无精打采地把脖子上的领带拉了下来，随便塞进外衣的口袋里。

车子远远离开了大学。陈平澳下了车，他带在身上的一束香槟玫瑰，遗留在他坐过的位置上，那里还有余温。

他在街上晃荡，现在是什么时候了？沈露仪的毕业典礼应该已经开始了。这个天真的女孩也许还在那儿等他。

他们分手后又重逢，他对她一点都不好。既然她已经习惯了他的失约，这一次，她应该也不会太失望。

他本来答应了出席她的毕业典礼。他很想遵守自己的承诺。大清早起来，他打扮了一下，结上一条黑色领带，准备了玫瑰，钻上一辆往大学去的巴士，想给她一个惊喜。

车子快到大学的时候，他靠着车窗玻璃的反光动手整理自己那头乱蓬蓬的头发，就在那一瞬间，他发现自己落入一种莫名的沮丧之中。好几年前，他常常是坐这条路线的巴士到大学去上课。这个熟悉的地方，目睹过他那段永远无法说与人听的初恋。

那一年，他十八岁，刚上大学，念的是艺术系。跟他同时考上大学的有郭轩华、李恩如和徐惠之。他们四个在大学附近租了一幢两层楼高的公寓，他和郭轩华住楼下，李恩如和徐惠之住楼上。

那时候，他对人生满怀憧憬。他喜欢画画，梦想当画家。他是那么开朗、积极、重义气，很受同学和朋友欢迎，许多女孩子喜欢他。初三就开始跟他同班的李恩如一直对他很好，他是知道的。然而，他向往的爱情终究还没出现。也许，这种爱情就像油画里的留白，无法刻意去经营，只能仰赖灵光乍现。

一年级下学期，他们要修陶塑课，负责这一科的是一位客座讲师，名字叫范文芳。陈平澳早已经在其他同学那里听闻过她了。范文芳在陶塑界很有名气，她做的陶塑和浮雕拿过不少奖项，然而，她最让人谈论的并不是这些。据说，她是出名的美人，十七岁时当过电影明星，两年后悄悄息影，到外国去留学。

她十七岁的时候，他才不过五岁，对她一点印象都没有。他想，同学们，尤其是那些女同学，也许说得太夸张了。

第一天上陶塑课时，教室里挤满了学生，多半是男生。那天阳光灿烂，他正想着这位传闻中的美人怎样出场，一个穿着一身白衣裳的长发女子这时走了进来。在太阳的逆光中，她的轮廓有些模糊，然而，白衣裳里透出一副玲珑有致的身体，他看着看着呆怔了片刻。

范文芳站在工作台上，他定定地看着她。她哪里像电影明星？她比许多电影明星都要漂亮。岁月若是在她身上留下了任何痕迹，那就是给了她一双深不可测、乌黑明亮的眸子。她和她那一头温柔的长发在微笑，这微笑，在陈平澳心里绽出了一朵玫瑰。

像他这样变得痴痴傻傻的男生，班上有好几个。要赢得女人的青睐，男人要做的就是拼了命表现他的才华。他以前也学过陶塑，后来为了专心画画才没有继续。初始的爱情就是最灿烂的灵感，他很快成了班上最出色的学生，只要范文芳走过他身边时，投给他一个赞赏的眼神，他情窦初开的灵魂就会从身体里升起来，在教室的天花板上飘荡，直到下课的钟声把他唤回来。

一天，下课的钟声响彻之后，范文芳走到他跟前，那双清亮的眼睛朝他看，说："我迟些有个陶塑展，需要一位助手，你有兴趣来帮忙吗？"

他点了点头，努力不表现出高兴的样子。然而，她也许已经看出来了，青涩的他，根本不懂得掩饰自己的喜悦。

"那么，你明天到我的工作室来。"她说。

他又点了一下头，沾满胶泥的手往裤子上抹，傻乎乎的样子。

"你主修哪一科？"她问。

"西洋画。"他腼腆地回答。

"明天带几张你的画来给我看看，可以吗？"她朝他微笑。

他答应了。

回到公寓之后，他把两张自认最得意的作品拿出来，这才后悔自己答应带画去给她看。这些画哪儿能拿去见她？他本来想着要在她跟前炫耀一下，但是，现在看来，这些画不是技巧太幼嫩，便是欠缺了深度。

"吃饭啦！"房间外面响起一个声音，是李恩如。

"你们先吃吧。"他说。

"郭轩华和徐惠之去补习了，只有我们两个，我做了炒饭。"然后，她又问，"这些画，你要拿到哪里去？"

"没有，没有。"他气馁地说。

"你最近很少画画，好像都忙着做陶塑。"她说。

"这两张画，你帮我拿去扔掉。"他朝她说。

她拾起地上的两张画，抱在怀里，不解地问："为什么？这两张画，你画得很好。"

"拿走！拿走！"他重复一遍。

她只好把两张画带走。

"你真的不要？别后悔才好啊！"她回头说。

他倒在床上，背朝着她，气自己答应了带画去。

第二天，他两手空空来到范文芳的工作室。她的工作室在大学附近，靠近山边，是一幢白色的小石屋，前面有一片绿油油的草地。

屋里只有范文芳一个人，她身上穿着工作服，早就在那里等他了。她的工作室分成两个房间，一间放满了书架，有个小厨房和一张典雅的长木椅子；另一间摆满已经完成和未完成的陶塑，一张长桌上散乱着颜料、胶泥和纸张，屋顶上有一个乳白色大玻璃镶成的天窗。

"你来了？"她投给他一个温柔的眼神。

他的脸唰地红了，羞涩地走到她跟前。

她发现他手上什么也没有，于是问："你不是要带些画来给我看的吗？"

"呃，那些画见不得人。"他有点带窘地说。

那双闪亮的眼睛朝他谅解地笑了。

"我们开始吧！展览会两个月后举行，我还没几件东西可以拿出去见人。"她说。

他看了看工作室里几件已经完成的陶塑，朝她说："你是说笑吧？这些都很了不起。"

她走到两个人像陶塑中间，说："你是说这个跟这个？"

他点了点头。

她突然拿起一个榔头把那两个陶塑敲得粉碎。

"没有灵魂，没有新意！"她沮丧地说。

他呆了一会儿，没想到她会毁了自己的作品。

"我们从头开始吧！"她朝他抬起眼睛说。

然后，他看到那个美丽的身影俯下身去收拾散落在地上的碎片。那个身影是那么失落，明知道这简直是不自量力，那一刻，他却竟然想守候在她身边，帮她做出最好的东西。

他几乎每天都待在她的工作室里，帮她完成那些陶塑的模型。这样的时光是幸福的。每一次，当她靠近他，或是她双手碰触到他的手时，他都嗅到她身上糅合了茉莉花香水、青草和陶泥的独特的气息。这些味道只有他一人独享，是一天里最美满的奖赏。

一天，他在搓泥的时候，一小团陶泥掷到他脸上，沾着他的鼻梁。他听到她开朗稚气的笑声，知道是她在跟他玩耍。他笑了，觉得一刹那之间，她离他近了。

他摇了摇头。

"我累了，"她说，"我去煮罗宋汤。"

她煮了一大锅热腾腾的罗宋汤，舀了一碗给他。他们在长椅子上盘腿坐了下来。

"好喝吗？"她问。

他用力地点头，眼镜因为热汤而蒙上了雾。她轻轻把他的眼镜从脸上拿下来，朝镜片呵了一口气，然后用自己的衣袖抹了抹。

他的脸发红，羞得低下头只顾着喝汤。那碗汤却早已经喝完了。

她把眼镜还给他。

"谢谢。"他抬起头来接过眼镜，把它重新戴上。

带着暧昧的喜悦，他回到自己的公寓去。李恩如拿着刚刚洗好的衣服，在他的房间里。

"你的衣服，我帮你洗好了。"她说。

"谢谢你！"他脸上漾着甜蜜的微笑，说。

"你近来常常很晚才回来。考试快到了，你不用温习的吗？"

"知道了！别那么啰唆！"他一边哼着歌，一边把脱下来的外套往床上扔。她拾起那件外套，挂到衣橱里，背朝着他，偷偷嗅闻那件外套，发觉除了陶泥的味道，并没有别的。

"你好像很开心呢？"她用试探的口气问。

他摘下眼镜，问："我想配一副隐形眼镜，你觉得怎样？"

"我觉得你戴眼镜的样子比较好。"她�’着嘴说。

"真的吗？"他虽然半信半疑，还是把眼镜戴上了。

第二天，往工作室去的时候，下着大雨。他发现她穿着米白色的裙子，打着一把红伞，在小白屋外面等他。他匆匆跑上去，她走上来为他挡雨。

"为什么男生都不爱带雨伞？"她笑笑说。

"潇洒嘛！"他像个大男人似的说。他发现自己巴不得一夜之间老十年，老二十年，不再是她心中的小男生，而是个可以保护她的、雄赳赳的男人。

进屋里去的时候，她咳得很厉害。

"你生病了吗？"

"我没事。"她摇摇头说，"也许是在这里吸了太多灰尘。"

"你要不要休息一下？"

"我们没时间了，还有很多事情要做。"她说。

刚才她咳个不停的时候，他微微颤抖的手在她背上轻柔地扫了两下。他不知道她是没感觉到那只手，还是默默接受了那只手。

他们各自做陶塑，他的眼睛却常常投向她，担心她太累了。终于，在她咳得喘不过气来，一张脸都涨红了的时候，他放下手里的东西，命令她："你应该休息一下。"

"好吧！"她乖顺地回答。

她脱下身上的工作服，软瘫在长椅上。他倒了一杯热水给她。

"谢谢你。"她喝了一口水，把杯子还给他。

"你躺一会儿吧。"他蹲下来说。

她微微喘着气，眼睛定定地看着他，就像做陶塑似的，她用一只大拇指轻轻地、温存地抚摸他的额头、眼窝、鼻子和脸颊，把他脸上的灰尘抹走。他伸手去摸她的长发，用手指把她几绺头发卷了起来。

她轻轻地叹息，意味深长地看着他。她又咳了，手离开了他的脸，闭上眼睛说："我躺一会儿就好。"

他像一只忠心的小狗守候着主人似的，守候在她身边，没敢走开。听到她熟睡的鼻息，他才悄悄从地上站了起来，离开房间，去完成他手上那个陶塑。他已经决定今后专注做陶塑，范文芳说过他很有天分。他从没想过人的梦想会因为另一个人而改变。在他情窦初开的年纪，他突然明白，一个人的梦想，唯有在另一个人加入时，才有了幸福的重量。

但是，他很快就发现那不是他能承受的重量。距离陶塑展还有十天，那也是他最糟糕的一天。他跟郭轩华去看电影，那是一部女孩子没兴趣的美国科幻片。快要开场的时候，他突然看到他父亲跟一个庸脂俗粉的年轻女人手牵手走进来，就坐在前几排，他连忙俯下身去假装系鞋带。等他们坐了下来，他抬起头，看到这两个人亲昵地靠在一起。

他尊敬父亲，当电影副导演的父亲从小就鼓励他画画，是父亲告诉他，人没有梦想便不值得活。他尊敬的父亲，却背着他母亲和其他女人一起。

戏院里的灯暗了，他悄悄走出去。他要告诉母亲吗？他不忍心看到她难过。

他的思绪一片混乱。走着走着的时候，他看到前面停了一辆名贵的轿车，一个小女孩从车上跳了下来，回头说："妈，快点啊！"

然后，他看见范文芳从车上走下来，牵着小女孩的手。

他僵呆在那儿。范文芳看到他的时候，脸上的微笑也凝结了。

这个时候，男人下了车。他三十出头，穿着光鲜的西装，身上散发着成功男人的气息。

"你们认识的吗？"他问范文芳。

"是我的学生。"范文芳微笑说。

男人朝陈平澳礼貌地点头，那小女孩好奇地盯着他看。

"这是我丈夫。"她大方地说。

男人伸出手去，陈平澳失神地跟他握了一下手。

"对不起，电影要开场了。"他抱起女儿走进戏院，范文芳手里拿着女儿的粉红色外套，跟在后面。她没回过头来看他。

他心头一酸，很没出息地湿了眼眶。回家的路上，他努力把泪水咽回去，泪水却飞射而出。他能怪她吗？她没说过自己已经结婚，可她也没说过自己还没结婚。在她那成熟的丈夫面前，他不过是个黄毛小子。这个黄毛小子的父亲，今天还泡上了一个庸脂俗粉的女郎。他凭什么跟范文芳的丈夫较量？

她是利用他吗？他帮了她很多。但那不可能是利用。她没有他也是可以的。他是谁？哪儿有利用的价值？

带着一双肿胀的眼睛，他回到公寓。

他打开房间的门，发现李恩如缩在他的被窝里。

"你不是跟郭轩华去看电影了吗？"他突然跑回来，她吓得坐了起来，用被子卷住只穿着内衣裤的身体。

他惊愕地盯着她看。她哭了。近来他神采飞扬，她猜他是有了喜欢的女孩。她等他这么多年，她有什么不好？他偏偏不把她放在眼里。她感到自己快要失去他了。这阵子，当他不在屋里，她常常偷偷脱下身上的衣服，钻进他的被窝里，可怜地嗅他的气息，幻想自己投进他的怀抱里。直到今天之前，他从没发现。

她急得哭了，又羞愧又难堪。他喜欢的那个女孩才不会这么卑微。她泪眼汪汪地看着他。就在那一瞬间，他了解地朝她看，走过去，抱着颤抖的她，抚爱那瘦小的、流泪的身体。

他想着自己吻的是范文芳，那条逾越了的界线，并没有因现实而封锁。

他没有再到工作室去了。那个陶塑展听说很成功，他没去看。他没勇气找她，他也没去上陶塑课。学期结束的时候，她给了他这一科满分。第二年，她没有再担任客座讲师了。

他偷偷去过那幢小白屋一趟，又折了回来。他恨她吗？他发现自己比以前更爱她。对她的思念时时刻刻折磨着他。他不该在陶塑展的最后关头离弃她，她是需要他的。她用拇指抚爱他的那种特殊方式，难道不带一点感情吗？是他在她平淡的婚姻中给她注入了新的灵感。她说的"没灵魂，没新意"，不就是在遇见他之前的生活吗？直到如今，他还能嗅得到她夹杂着茉莉花香味和陶泥味的气息。

他放弃了陶塑，那是他不敢碰触的回忆。他重新拾起画笔，可惜，生活已经不一样了。他对李恩如很差劲，伤透了她的心。他后来又和许多女孩子交往过，都是不认真的。

在范文芳以后，他爱的所有人，都不过是为了忘记她。

然而，就在今天，当他带着满抱的玫瑰往大学去，在车厢的玻璃反光中看到自己时，不免思潮起伏。他曾经以为，沈露仪也不过是其中一个他用来忘记范文芳的女孩，却突然发现，重逢以后，她在他心中，变得有点例外。他竟会为她结上领带，准备去参加她的毕业典礼。他连自己的毕业典礼都缺席。

他终究没有下车，他再也经不起真心爱上一个人的痛楚。

第 八 章
蓝 莓 乳 酪 的 吻

她是喜欢他的，

她从没这么喜欢一个人，

但她也知道，跟他一起的人生是不长进的。

是忌妒还是爱？直到如今，她还是不了解。

中学时代，谁都知道她和李恩如最要好。两个人读书的成绩都好，样貌出众，又会打扮，书包也用同一款，俨如姐妹花，到哪里都备受注目。

只有她自己知道两个人是有分别的。李恩如是独生女，生长在一个富裕的家庭，父母把她宠得像公主一样。她徐惠之可是另一个故事。父母在她五岁那年分开了，她跟着上班族的母亲生活，住在租来的小公寓里。坏脾气加上人生的不如意，母亲和女儿的关系很糟。每次要零用钱，她都得跟母亲大吵一架。

有一次，母亲狠狠地把她的零用钱扔在桌子上，生气地说："别再问我要钱！"

她悻悻地说："是你把我生下来的！"

母亲气呼呼地瞪着她，眼里泛着泪光，吼道："那你去找你爸！他从没负过责任。"

她心里知道，父亲根本不会要她，父亲连养活自己都成问题，况且，他已经有家庭了。

"这个世界真的不公平啊！"她常常在心里想。光看外表和气质，谁都会以为她比李恩如更像富家女。李恩如为人内向，又有点怕事。徐惠之有时候像她姐姐，保护她，为她出头。然而，现实生活里，徐惠之却只是个灰姑娘。

她不知道李恩如心里怎么想，她自己却总是处处和她比较。她喜欢听到别人私底下说她比李恩如漂亮一些，身材要好一些，人更聪明一点、可爱一点。她一直暗暗跟李恩如较量，可是，她同时又需要这个朋友去分享她的心事和青春的烦恼。

她们读的是男女校。两个人都太出众了，反而没有男孩敢追求她们。追求她的几个男孩，都是隔壁男校的。那是出了名的贵族学校，她那几个追求者都是富家子。李恩如对这些男生一点也看不上眼。打从初三那年跟陈平澳同班之后，她就单恋着他。徐惠之成了她唯一的听众，几乎每天都听到她说着陈平澳。

"不如我把他勾引过来，然后交给你。"徐惠之自信满满地说。

"你不会对他有兴趣吧？"李恩如那双疑惑的眼睛朝她看。

"陈平澳不是我的类型！"她没好气地说。

陈平澳无疑是很有吸引力，可她从来没看上他。她喜欢的不是这种和她同一个社会阶层的穷学生，她需要的，是把她带去另一个阶层的男生。她已经厌倦了自己的阶层，厌倦了每次向母亲要零用钱时总要给教训一顿，她也厌倦了看到喜欢的东西没法即刻拥有。她不像李恩如，太幸福了，就会找些事情来自虐。

他们后来都考上了大学，在学校附近合租了一幢房子。上了大学，徐惠之的生活就更精彩了，她参加很多活动，成了大学里的风头人物。李恩如除了上课之外，就爱躲在家里，像个小媳妇似的，替陈平澳洗衣服、收拾房间，为他下厨。有好长一段日子，她们只在晚上见到面，聊几句，又各自忙着自己的功课。她心里觉得李恩如这种没结果的暗恋是在耽误时间，甚至耽误了学业。可不知道为什么，她没提醒李恩如，有那么一刻，她甚至认为这种耽误是好事。李恩如没以前那么进取，两个女孩的这场竞赛，她便会成为赢家。她突然感到上天是公平的，李恩如好像一出生就拥有一切，却偏偏得不到喜欢的男人。

可惜，她错了。那天晚上，她去参加舞会回来，皮包里放着在舞会上抽到的一对钻石塑料表。她兴奋地跑上二楼找李恩如，想把其中一枚手表送给她。李恩如不在房间里。她窝在床上，等着等着睡了。

早上醒来的时候，她走到楼下厨房去喝水，看见李恩如从陈平澳的房间走出来，头发乱蓬蓬的。

李恩如看见她时，一张脸马上绯红绯红的，朝她笑了。那一刻，她不无震惊地发现自己竟然忌妒。

那枚手表，她没送给李恩如。她恨这个拥有一切的人。那以后，她常常刻意留在图书馆温习，就是不想看到李恩如幸福的模样。直到一天，她回家晚了，听到李恩如在房间里啜泣的声音。她推门进去，那双泪汪汪的眼睛朝她抬起来。

"是不是他对你不好？"她生气地问。

李恩如垂下了头没回答。

她走过去抱着李恩如。当李恩如不幸福的时候，她们突然又亲近起来。她心都软了，觉得自己这些日子以来对李恩如太冷淡了，她怎么可以这样对待自己最好的朋友？

"他根本不爱你。"她几乎是带着兴奋对李恩如说出这句话。她心里知道，陈平澳不会喜欢李恩如这种没性格的女孩。

李恩如怔怔地朝徐惠之看，难过又难以置信地发现，在她最好的朋友眼里，她原来是不值得爱的，她是比不上徐惠之的。

"你这个人心眼太坏了！"李恩如恨恨地说。

"你这话是什么意思？"她心虚地问。

"你心里明白。"

"你以为所有人都应该爱你吗？"

"我没有这样认为！"

"你太幸福了，所以成了笨蛋！"

"我没你想的那么笨！他不爱我，你高兴了吧？可他也不会爱你！"

"这个世界上，只有你认为陈平澳很可爱！"她嘲弄地说。

李恩如笑了，奚落地说："对啊！你只认为有钱的男生可爱！"

她从来没受过这种侮辱。她满怀怨恨和惊讶朝她的好朋友看，颤抖的声音说："我明天会搬出去。"

她搬走了。从此以后，两个人再没来往。在校园里碰到的时候，也刻意避开对方。那两年，她的生活好像缺少了一块拼图，是不完整的。

毕业之后，她考进一家外资集团当实习生，那是从几千人之中选拔出来的，前途好，薪水也优渥。她听说李恩如靠人事关系进了银行工作，职位并不高。

她认为自己赢了李恩如吗？她没有这种感觉。她的工作一点也不容易，为了争取表现，她常常超时工作。这份工作的压力大得她透不过气来，同事之间的竞争也使她无法放松。她一直相信自己是新人之中最出色的。然而，新来的女上司对她特别挑剔。"那是忌妒吧！"她心里想。这位女上司年纪比她大很多，没结婚，样子很平凡。

有时候，她真希望结婚算了，但她当时交往的男人，是个成天只会赛车的公子哥儿。这种人，跟他谈恋爱是可以的，要他跟你结婚，可就不容易了，她也并不想嫁一个自出娘胎之后从没做过正经事的男人。

那天，她加班后拖着疲乏的身躯回家。经过 Starbucks（星巴克），她进去买了一杯热腾腾的牛奶咖啡。就在拿了咖啡转身的时候，她看到陈平澳独个儿在桌子那边喝咖啡。

他朝她点头微笑，她走过去。

"刚下班吗？"他问。他看到她手上提着公文包。

她疲倦地点了点头，问："你好吗？"

他腼腆地笑了。

她看得出来，他的生活不见得好，人倒是成熟了，比以前更有吸引力。他们聊着聊着，直到咖啡店打烊。

"你和李恩如还见面吗？"她问。

他摇了摇头。

"我也很久没见她了。"

沉默了一阵，她说："去吃点东西吧！我还没吃饭，肚子有点饿。"

他点了点头，朝她微笑。她突然发现他脸上的笑容多么亲切又熟悉，一下子把她带回那段青葱岁月。她从前为什么没喜欢他？是她天真地以为可以找到一个富有又有内涵的男孩子，还是因为李恩如喜欢他，她也就觉得他只是个很平凡的男生？

那顿消夜是在她家里吃的，他们喝红酒、吃奶酪，他跟她谈他喜欢的画家和画，她跟他谈她喜欢的电影和书。从来没有一个男人，可以让她如此自在地谈自己，可以毫不掩饰自己对艺术的肤浅认识。她想起那天早上看到李恩如从他房间里走出来的时候，她心里多么地忌妒。是的，她承认，她也想过要钻进他的被窝里，她想知道抱着他的感觉。

她现在知道如何挑逗一个男人，然而，在他跟前，她却技穷了。她喝了很多的酒壮胆，一边吃奶酪一边嚷着自己会胖死。他却说他会画一个可爱的胖女人送她。

她先是笑了，然后又哇啦哇啦地哭了。她原以为自己会一帆风顺的，没想到毕业三年了，跟她当初期望的是两回事。

他苦笑着说："你比我好啊！我的画，一张也没卖出过。"

她抹干眼泪，朝他促狭地笑："等你死了就能卖钱。"

他傻乎乎地笑，像个孩子似的。她沾满法国蓝莓奶酪的嘴唇印在他两片嘴唇上，那是她有生以来最浓稠的一个吻。

和他同居的日子是快乐的。他为她画了一个胖女人。当她回家晚了，偶尔会发现他下厨为她做了一顿饭。然而，他不停换工作，有一阵子还失业了。他根本不知道外面的世界发生什么事，也不了解商业社会的尔虞我诈。每次她跟他倾吐工作上的事情，他从没认真去听。她终于明白，即使认真去听，他也不懂。

她是喜欢他的，她从没这么喜欢一个人，但她也知道，跟他一起的人生是不长进的。他爱她吗？他们相逢的那天，大家都失意。他对感情从来就没认真过。他从不肯说爱她。他给她的感觉，只是彼此的过渡。

好日子过不了多久，他离她一步步远了。她看得出他和别的女人来往。她没质问，不是她不在乎，而是关乎自尊。他们从来就没有公开承认过彼此的关系。她没告诉别人她有这个男朋友，那她又为何要知道他和别的女人的事？不是她天生洒脱，是她的好胜使她看起来洒脱。

一天，他回来晚了，她坐在床边的椅子上等他。他没说话，她想跳到他身上去，狂暴地吻他，和他亲热，也许只要这样，他们还是可以继续一起。可是，她心里想的和她口里说的偏偏是两回事。

"我们分开吧。"她冷冷地对他说。

他没回答。

他听到这句话，竟然可以那样若无其事，一句话也不说，一点难过的神情都没有。

"我要睡了。"她爬上床，背朝着他躺着。她想，她一定是哪根筋有问题，竟然在这个时候说"我要睡了"，就好像什么也没发生。

第二天早上，她睁开惺忪睡眼醒来，发觉他已经走了。她狠狠地哭了一场，她不能原谅自己，她跟他说的最后一句话，竟然是"我要睡了"。他跟李恩如分手时，李恩如一定不会说这种蠢话。

像陈平澳这种男人，虽然不爱李恩如，但他会怜惜她。她是弱小的、敏感的。他是她的第一次。可陈平澳会怜惜她、怀念她吗？

陈平澳走了，她重又过着以前的生活。只有一次，她和新相识的男人去吃昂贵的法国菜。末了，侍者推来一车奶酪，要他们挑选一些。她选了一小块至爱的蓝莓奶酪。当她把一小口奶酪往嘴里送，那浓烈的气味呛得她咳了，咳出泪来。她知道她以后再也不能吃这种奶酪了。

半年后，她跳槽到另一家公司，升了职，薪水也提高了，经常要出差。第一次出差，是到东京去。她第一次到东京，是跟李恩如和她父母去的。考完大学入学考试的那个暑假，李恩如和家人去东京旅行，把她也带去了，旅费是李恩如的父母为她支付的。

那是个愉快的假期，她们要好得像双生姐妹，说好了将来要当对方的伴娘。夜里睡在同一张床上的时候，她却多么希望一觉醒来，她和李恩如可以对调身份。

同届毕业的同学之中，她的发展是最好的。同学都羡慕她这种自由自在又优雅的女行政人员生活。旅途上的孤单，别人是不会明白的。

这天大清早，她要到新加坡公干，一去就是两星期，她招了一辆出租车往机场去。昨夜忙着整理会议的文件，她睡得很少，没精打采地靠在后座的椅背上。车子经过一条宁静的小路时，她看到一对男女在路上跑步，两个人穿着白色的运动服，像是情侣，一边跑一边喁喁细语，看上去很幸福的样子。她认出那个女的是李恩如。车子缓缓在两个人身边经过，李恩如没看到她。

多少年了？她一直以为李恩如活得不比她快乐，她以为李恩如还是痴痴地思念着陈平澳，她以为李恩如即使再恋爱也只会是平凡平淡的恋爱。然而，当她孤身上路，过着漂泊的生活时，李恩如竟是幸福地和一个很不错的男人一起。上帝有多么地不公平？直到这一刻，她还是输给李恩如。

她真的从没爱过陈平澳吗？那天她以为自己是故意这样说的，可她现在不知道，是为了忌妒还是爱，她跟他一起过。

Channel A

第 九 章

楼 底 下 的 小 提 琴

从来没有的东西，
我们不会去怀念。
曾经出现的，
却不是一下子就可以忘记的。

朱薇丽的小提琴是八岁那年开始学的。一天，经过乐器行的时候，她看到橱窗里有一把很漂亮的小提琴。她拉住她父亲的手，停下脚步怔怔地看了很久。父亲在旁边问：

"你想学小提琴吗？"

她抬头望着父亲，兴奋地点头。于是，父女俩走进去报名。后来她才知道，教她小提琴的余老师是很有名气的。她一学就是十年。她并没有成为帕格尼尼，也没有成为小提琴家，她不是那种材料。她享受的是小提琴带给她的快乐。她是个独生女，小提琴陪伴着她成长，她喜欢音乐那个简单美善的世界。然而，余老师说，她的问题就是掌握不到乐曲里复杂的感情变化。"当你长大了，多一点人生阅历，也许就会不一样。"老师说。

她的确是没有什么人生阅历。她生长在一个三口之家，父亲是水警，母亲是一位秘书，父母都是对生活要求很简单的人，从来不曾给她什么压力。她童年大部分的时光都在海上度过。当水警的父亲常常带她到水警轮上面玩，她最爱站在甲板上迎着海风和落日拉她的小提琴。半生在海上工作的父亲跟她说，一个人经常对着大海，什么事情都会看得开。母亲就是欣赏父亲这种豁达。有时候，她觉得自己的幸福就像一杯葡萄糖水，没有咖啡的深度，也没有酒那种复杂的层次，却是维持生命的水。她那些在单亲家庭长大的同学都羡慕她，她也就觉得不应该抱怨这种单调的幸福。

她在大学念地理系，有几个很谈得来的同学。她在学校里不算突出，也不平庸，就像她的外表一样，假如装扮一下，她会觉得自己蛮漂亮。所以，她喜欢买衣服、化妆品、唱片、杂志……她最爱上网邮购衣服和精品。然而，买了再多的衣服，她常常穿的还是那几件，买了许多支口红，她爱用的始终还是那一支。她的房间也因此堆满东西，乱糟糟的。她讨厌收拾，比如说收拾床铺吧，反正晚上又会把床铺睡乱，那干吗要每天整理一遍？至于衣服，她总能在凌乱的衣柜里找到自己那天想穿的衣服，所以就没有必要放得太整齐了。母亲常常取笑她，说她不是艺术家，却有艺术家的邋遢。她在家里虽然比较随便和懒散，但每次出去，她倒是穿得整整齐齐的。

她买东西也不花家里的钱。她课余在乐器行里教小提琴，一星期五天，收入很不错。她的学生大部分都是附近学校的小男生和住在这一带的小孩子。这种生活其实就是她童年的生活，区别只是，她由学生变成了老师，依旧停留在一个简单的世界里。她那几个要好的同学都有男朋友了，大家都忙着谈恋爱。她表面上好像不在乎，心里却是既羡慕也有点焦急。但是，她宁愿一个人，也不愿意随便找一个。这方面，她是有点洁癖的，不像她平时那么邋遢，她甚至会为这种坚持而欣赏自己。

她不是没有对象，但，说是对象，也不尽然，因为不知道对方的想法，她也没表白过。那天，他走进教室来。当他发现自己是班上最老的一个学生，神情有点尴尬。他名叫郑逸峰，儿时学过小提琴，后来放弃了。下课后，她翻看他的报名表，他跟她同年，比她大四个月，是个大学生，住在乐器行附近。

她从没教过一个年纪比自己大的学生，他也没遇过一个比自己年轻的老师，两个人相处起来都有点拘谨。她经常捉住那些小男生的手，纠正他们的动作，有时也拍拍他们的小脑袋。对他，她却是比较避忌的。一碰他，她就会脸红，他也会脸红。年龄的接近反而造成了两个人的距离。

他一星期来上两堂课，从不缺课，上课时很用功。二十二岁虽然还是很年轻，但是，对学小提琴来说，年岁毕竟大了一点。

要是一出哑剧里需要一个小提琴家的角色，那一定非他莫属。他拉小提琴的动作比许多演奏家都要优美和动人。有时候，她出神地看着他那充满感情的身体语言，甚至忘了纠正他的错误。她想，如果他拉琴，由她来配音，那将会很完美。

他说话不多，下课后总是匆匆离去。自从他来了之后，每次上课，她的心情都很愉快，连脚步也变得轻盈，也更悉心打扮自己。

冬日的某天，上课的时候，一支《小夜曲》拉到一半，她发觉他的头搁在小提琴的腮托上睡着了。她凑近一点看，他像个婴儿那样睡得香甜，她几乎听得见他的鼻息。她故意清了清喉咙，他没醒来。看到那张脸，她突然心都软了，不忍心叫醒他。她拿起自己放在旁边的小提琴，继续那支未完的《小夜曲》伴他进入梦乡，就在那一瞬间，爱情像轻轻拂过的琴弦，拨动了她内心曾经梦想的部分。她轻摇着身躯，带着微笑拉琴。当他从腮托上醒来的时候，抱歉地朝她笑了笑，并不知道自己睡了半支曲的时间。

她从来没探究他为什么来学小提琴。既然他来了，她也就不需要知道为什么。学琴可以纯粹是一种享受。然而，那些小男生的家长却不是这么想。班里的小男生最近一个个退学了，原来学校请来了一位很有名气的小提琴老师在学校开班，她那些学生都转到那边去了。她很明白，家长们都知道她没什么名气，更不可能培育出一个神童小提琴家。她不太在乎收入减少，她的自尊却毕竟受到了一点伤害。

这天下课后，她走出乐器行，一辆巴士刚刚停站，她连忙跑过马路去，赶上这班车。当她钻进车厢的时候，看到郑逸峰也在车上。他朝她腼腆地点了点头。

"以前没见过你坐这班车。"她首先说。

"我一个补习学生最近搬了家，我去替他补习。"

"每一天？"

"嗯，除了周六和周日。虽然路程比较远，但他是个很乖的学生。他明年就要参加中学会考，这个时候换老师，对他不是太好。"他说。

"看来你是一位好老师啊！"

"也不是。"他谦虚地说。

"应该比我好吧！你没发觉最近班上有很多学生退学吗？"

"听说是那所男校自己找来了教小提琴的老师。"

"人家是名师，比我有经验许多。我怎能跟他比？"

"我觉得你教得很好。"他说。

"有一次，你上课时也睡着了。"

"我是因为前一天通宵帮同学修理电脑没睡觉，所以才会在上课时睡着了，对不起，跟你教学无关的。"他抱歉地说。

她朝他微笑，由衷地感激他，感激他那天睡着了，也感激他这天给她的鼓励。

"你的电脑很棒吗？"她问。

"我在科技大学念计算机的。"

"我在中大，念地理。"她说，然后，她问，"你也是第三年吧？"

"嗯。"

"毕业后有什么打算？"

"已经有一家信息科技公司聘用我，毕业后就可以马上上班。"

"那你的成绩一定很棒了。"带着欣赏的语气，她说。

"也不是，我只是比较幸运。你呢？你有什么打算？"

"我们这一科的出路比较狭窄，离不开教书。"

在摇摇晃晃的车厢里，他们聊了许多事情。她早该到站了，为了跟他聊天，过了两个车站之后才跟他道别。下了车，寒风凛冽，她哆哆嗦嗦地往回走。那遥远的路却拉近了她和郑逸峰的距离。

她和他变熟稔了，课堂上有说有笑，小男生的离开不再困扰她，她寄出的求职信也有了回音。唯一困扰她的，是一种不敢表白的心情。她不知道郑逸峰心里想些什么，会不会已经有女朋友。她没勇气追求男孩子，却不知道他是不是同样没勇气主动。

直到一天，她懂得了。她在大学图书馆里碰到他跟林雅慧一起。看到她时，他腼腆地点了点头。带着失落的心情，她匆匆离开图书馆，装着是要去上课的样子。林雅慧是大学的校花，不是爱出风头爱俘虏男生的那种校花，她的美是脱俗的，是女生们私底下羡慕、仰望而又不会忌妒的。她蓄着一头长直发，高瘦个子，身上的衣服很朴素。她是艺术系的高才生，油画画得非常棒。男生为了亲近她，都跑去选修艺术系的课。她和林雅慧是认识的，在校园碰面的时候，她们会彼此点头招呼，却从来不会交谈，她们之间有一些不能触及的话题。

那天晚上，在网上邮购了三件内衣和一双运动鞋，还有一个漂亮的布包之后，她的心情好了一点。对手是林雅慧的话，她几乎不可能赢，那就干脆认输好了。她很难忘记郑逸峰坐在林雅慧身边的那种神情，他看起来就像战战兢兢地坐在一个女神身边，随时准备为她抛头颅、洒热血似的。不过，这种神情同时也透露了一点线索，那就是他们也许还不是男女朋友。

隔天在乐器行里，下课之后，她和郑逸峰一起走出去。他问："你和林雅慧是认识的吗？"

"嗯，但不熟。"她说。然后，她又问，"她是你女朋友吗？"

他摇了摇头。

"你喜欢她吧？"她酸溜溜地说。

"我不知道自己有没有机会。她以前的男朋友拉小提琴很棒的。"

"你跟他认识吗？"

"不，我只是听她说过。"

"那他们为什么分手？"

"她没说。我想，我也没资格问。"

"你就是为了她而来学小提琴的吗？"

"嗯，我希望有一天可以为她拉一曲。"他傻气地说，然后又请求她，"你千万别告诉她我正在跟你学小提琴。"

她点头答应了。

"以我的进度，不知道哪年哪天才可以做得到。"他说。

"我替你补习吧，就像你替学生补习一样。"

"真的？"他兴奋地说，停了一会儿，他又说，"可我负担不起学费，否则我就天天来学了。"

"免费的。"她说。

"免费？"他诧异地望着她。

"这个时候放弃你，好像太残忍了。"

"我可以用别的东西代替学费吗？"他说。

"别的什么？"她奇怪。

"你的电脑有任何问题，都可以找我，而且是二十四小时服务的。"

"那好啊！一言为定。"

她为什么愿意做这种傻事？也许，她是真的不忍心放弃他，不是被他的故事打动，而是被自己打动。虽然他喜欢的是别人，但她愿意成全他。

那天之后，他每天都来乐器行补习。她用录音机把上课练习过的歌录下来，让他回到家里可以练习。说是成全他，不也是成全自己吗？只要能够见到他，她觉得什么都是值得的。

一天夜里，她的电脑突然失灵，未写完的论文和要用的资料都在里面，她想到他答应过的事情，于是打电话向他求助，他马上就过来。

"我不知道它什么地方出了毛病，我明天要交论文。"她望着那台电脑说。

他坐到那台电脑前面。不一会儿，已经潇洒地收服了那台欺负她的机器。

"其实只是小毛病，不过对你来说可能比较复杂。"

"谢谢你。"

"这是我欠你的。"他说。

"你今天练习了吗？"她问。

"你找我的时候，我刚刚在练习。不过，也许来不及了。"他的神色有点沮丧。

"什么来不及？"

"我知道过两天是她的生日，我本来希望可以在这一天为她拉一支歌。"

"你们过两天有约会吗？"

他摇了摇头："她说她要留在宿舍里温习。"

"是的，我们要毕业考试。"然后，她问，"你学小提琴，就是为了这一天吗？"

他羞怯地点头，说："我真后悔以前放弃了小提琴，也没想过自己现在变得这么笨拙。"

"小提琴真的需要一点时间。"她说。

"我知道。"失望的声音。

"不过，我倒有一个办法。"

"什么办法？"他问。

"这应该是目前最好的办法了，保证你可以如期送出这份生日礼物。"

"真的？我愿意为你修一辈子的电脑来报答你。"他兴奋地说。

"那一言为定。"

她哪儿有什么办法？除了她自己。

林雅慧住在大学宿舍的三楼，她的房间有一扇偌大的窗子。她的书桌就放在窗边，当她坐在书桌前面，她的侧影也就落在窗前。那些男生故意绕路经过女生宿舍，为的就是仰望她的剪影。

这天夜里，郑逸峰带着他的小提琴来到宿舍楼下。他战战兢兢地朝楼底下望去，那里躲着一个人，就是朱薇丽。朱薇丽的肩膀上也搁着一把琴。郑逸峰把弓搭在琴上，手有些震颤。她已经预备好了，等待着他的信号。

终于，他朝她点了一下头，弓滑过琴弦，沉醉地拉出一支巴赫的曲子。然而，只要仔细看就会发现，他的弓并没有真的碰到琴弦，拉琴的是躲在楼底下的她。他的动作是那么好看，不会有人怀疑那不是他在拉琴。

琴声丝丝缕缕地飘上去，林雅慧打开了窗，看到这个傻气而深情的男人。她没说话，默默站在窗前。

那一支曲子拉完了，过了一会儿，朱薇丽听到从楼梯上面传来的脚步声，连忙闪身到另一边。走下来的是林雅慧，她走到郑逸峰跟前，他手里拿着琴，两个人都没说话。

朱薇丽站在林雅慧后面，看不见她的脸，只看到她那个软了下去的背影。朱薇丽知道她应该是感动的。朱薇丽把琴藏起来，悄悄穿过宿舍后面的草地，带着一种难言的酸涩离开。她曾经想过，假使郑逸峰拉琴，由她来配音，将会很完美。她没想到所谓完美就是她一个人挽着琴孤单地走在回去的路上。

她教郑逸峰说谎，因为她不忍心告诉他，即使他穷一辈子的努力，他的小提琴也比不上林雅慧以前的男朋友。那个男孩子是她的师兄，他们在余老师那里一起学过琴。他是余老师最宠爱的学生，十一岁那年已经公开表演小提琴独奏，是个天才。好几年后，他认识了林雅慧，两个人像金童玉女似的。她不知道他们后来为什么会分手，只知道他三年前去了意大利深造。这天晚上，她拉的就是那个男孩常常拉的一支曲。她当然没有他的水准，然而，他们曾经受教于同一位老师，也因此总有一些相同的地方。她选了这支曲子，猜想这支曲子能够感动林雅慧。

回家的路上，她抽抽搭搭地哭了。原来，成全别人，是要有一点痛苦的。

隔天在乐器行里再见到郑逸峰，他有点沉默，她心里也有点不是味儿，两个人没怎么说话。过了几天，下课的时候，他告诉她：

"我向她招认了。"

"招认什么？"

"告诉她那天晚上拉琴的不是我。我不想对自己喜欢的人说谎。"

"那她怎么说？"

"什么也没说，大概是很生气。"他沮丧地说。

虽然嘴里说他笨，她心里却更欣赏他的坦白。

"我不再学琴了。"他说。

她努力掩饰眼里的失望。

"我不应该成为别人的影子。"他说。

"你从来没喜欢过小提琴吗？"她禁不住问。

"或许有一天，我会再学的。不过，答应帮你修一辈子的电脑，那是不会改变的。"他朝她微笑。

"我没想过你会食言啊！那天我躲在楼底下，冷得要命呢。"她一边说一边转过身去收拾乐谱，不让他看到她脸上的不舍。

后来有一天，她在学校里碰到林雅慧，她们像往常一样，彼此点了一下头。然而，这一天，林雅慧走到她身边，像个认识了很久的朋友似的，温柔地问："他说那天拉琴的是你？"

她尴尬地点了点头。

"我当时也觉得不可能是他拉的琴。"

"你喜欢他吗？"

她耸了耸肩："有些人很好，你很想爱上他，但就是做不到。有些人没那么好，可你就是没法不爱他。"

"我想，我大概明白的。"

虽然大家的年纪差不多，但在林雅慧面前，她却觉得自己像个完全没经验的小学生。

"你毕业后有什么打算？"林雅慧问。

"可能会去教书。你呢？"

"我打算去意大利。"林雅慧满怀憧憬地说。

一瞬间她就明白，林雅慧心里始终只有她师兄。

没有了郑逸峰，小提琴课显得有点寂寥。从来没有的东西，我们不会去怀念。曾经出现的，却不是一下子就可以忘记的。

她那段一厢情愿的伤感的初恋，就好像宿舍那一夜的琴音，也许都不过是爱的梦影。当最后一个音符在琴弦上轻轻地拂过，也就了无痕迹。

后来的一个黄昏，她登上父亲的水警轮，站在甲板上，迎着海风和落日拉她的小提琴，突然间，成群的海鸥翩然飞过水面，仿佛是为她的琴声而来的。老师以前说她掌握不到乐曲里复杂的感情变化，然而，就在这一刻，她明白了喜欢一个人的欢愉和苦涩。

第 十 章
投 给 旧 情 人 的 信

夜晚的电台节目跟白天的节目是不一样的，
晚上仿佛是另一个世界。
白天听到的歌，是真实不过的。
半夜里，当这个城市里大部分人都酣睡的时候，
不管是节目里放的歌还是主持人的声音，
都有点虚幻不实，像梦中的呓语。

林珍欣有时会想，这个城市里有多少人在半夜里还是醒着的，这些醒着的人当中，又有几个刚好转开收音机，听到她的节目？外婆和母亲都睡了，她的朋友也不多。半夜里，她的声音和音乐，在陌生人的身边流曳，这个感觉是那样奇妙。她很珍惜每天半夜，一个人放歌的时光。夜的寂静，给了她无限的遐想。

　　主持这个节目已经半年了，是夏心桔派给她的，夏心桔觉得她的声音适合夜晚。午夜的节目，收听率一向不高，是新人磨炼的机会。

　　每天晚上，她播自己喜欢的歌，随着旋律说些关于生活和歌的故事。节目里没有接电话的环节，她不知道她的听众是什么模样的，年轻的？年老的？

有时她会想，同时听她节目的，也许是一双旧恋人，这两个人，在某个半夜里，在另一个怀抱或是形单影只地、巧合地听着同一首歌。听她节目的，也许会是一双白天在茫茫人海中擦肩而过的男女，而他们永远没机会重逢了。听她节目的，也许还包括午夜出动的小偷或杀手。

她不知道，听她节目的，会不会也有郭轩华。那个秋天，他经常来租书店。她喜欢他，他却爱上她的旧同学沈露仪。他会成为她的忠实听众吗？她不知道每个唱片骑师拥有多少忠实听众。夏心桔拥有很多很多，而她，起码有一个。

那是个字体清秀的男生。半年来，她每隔三四天都会收到他寄来的信，他会跟她谈她前一晚的节目，称赞她选的歌，也会写些心事。这个署名方行之的男孩，有一次在信里提到《小珍欣历险记》。

他写道，这是他小时候很爱读的一本童话书，没想到她的名字也叫珍欣。他不知道是巧合还是有关联的。《小珍欣历险记》里，那个九岁的小女孩，有三只小精灵朋友。每个晚上，临睡时，精灵都会出现，带小珍欣去历险。待到第二天，她一觉醒来，精灵已经不见了，没人相信她那些精彩的历险故事。

这本书是林珍欣的母亲写的。她母亲邱莉华是著名的童书作家，许多人都是看她的童书长大的。林珍欣的外婆是童书作家，母亲长大后也成了童书作家，名气却比外婆大。

方行之提到这本书，触动了林珍欣。没太多人知道她就是邱莉华的女儿。儿时，老师和同学知道她是邱莉华的女儿，总会拿她来和她母亲比较。人们会认为，邱莉华的女儿，文章应该也写得很好。可惜，她的作文成绩和她读书的成绩只是很普通，人们因此对她失望。

上了初中，有一次，她告诉一个谈得来的同学，邱莉华是她母亲。那个同学立刻传了开去，于是，每个人都跑来和她讨论《小珍欣历险记》。别人都以为，有一个写童书的母亲，她应该是幸福的。

她幸福吗？也许不是别人以为的那样。

为了省却麻烦，她愈来愈少向人提及母亲，她反而宁愿谈谈她父亲。父亲是个爱家的男人。她长得像父亲，她和父亲连性格都相似，两个人都没有天马行空的想象力。几年前，父亲过身了，成了她生命中的过去式，她只能在回忆里想念他。要是父亲还在世，一定也会是她的忠实听众。

方行之是她难得的知音，她喜欢的歌和唱片，他也喜欢。当她几天前播了一支旧歌，他会在信里告诉她，他是什么时候，在什么地方，头一次听到这支歌的。他们在音乐的世界里找到共鸣。

渐渐地，她在脑海里想象他的模样。他喜欢《小珍欣历险记》，他应该也是个爱书的人吧。他每晚都听她的节目，他应该是个需要在夜间工作的人。他做的是什么工作？会日夜颠倒？也许，他是个创作人，或是个需要轮班的人。他不会是个患上失眠症的可怜虫吧？

有了这位知音之后，她更努力去演出她的节目。她知道，在这个城市的某个遥远角落里，有一个人，会留意她播的每一支歌。

他是谁？是个仰慕者，还是纯粹因为寂寞？他的字写得那么清秀，她想象他是个长得好看的男生。

有时她会怀疑，会不会有人假扮成她的听众，戏弄她，使她以为自己有一个仰慕者。当她沾沾自喜，那个残忍的人就会出现，告诉她，一切都是假的，没有方行之这个人。

就像母亲写的那些童书，故事是虚构的。

然而，假的又怎样？不管是真的还是假的，就像小珍欣的故事，明天一觉醒来，都是真假难分的。

夜晚的电台节目跟白天的节目是不一样的，晚上仿佛是另一个世界。白天听到的歌，是真实不过的。半夜里，当这个城市里大部分人都酣睡的时候，不管是节目里放的歌还是主持人的声音，都有点虚幻不实，像梦中的吃语。

搬到这间公寓有半年了，他也是从那时开始听林珍欣的节目。每隔三四天，他会给林珍欣写一封信，谈谈歌，也谈一些虚无缥缈的事。他喜欢她的名字，这个名字让他想起他九岁那年的床头书——邱莉华的《小珍欣历险记》。那三只在夜里出现的小精灵，会带小珍欣去历险。人家爬树是从树干爬到树梢，小精灵带小珍欣爬树，是从树梢往下爬，然后爬进一个神秘的树洞里。

有一次，这三只小精灵吵起架来，各不相让，谁也不肯带小珍欣去历险。天亮的时候，他们吵完了，累得倒在地毯上。原来，吵架是一场劳累又没趣的历险。他们拉钩钩，决定以后都不吵架了。

从前，和那个女孩吵架的时候，他总会想起这个故事。

他没见过林珍欣。她的声音和一个人有些相似。她播的歌，他也喜欢。他想象她是个文静的女孩，不像童书里的小珍欣，常常会问身边的人很多问题，结果，她的父母都躲开她，害怕回答她那些问不完的问题。

小珍欣曾经想要收养一只蝙蝠。她觉得蝙蝠很可怜。哺乳类动物不会接受它身上的翅膀，鸟类也不会接受一只会飞而又不会下蛋的哺乳类。她想，这就是蝙蝠喜欢在晚间出没的原因了，它害羞又自卑。

一天，其中一只小精灵告诉小珍欣，狮子和绵羊，到了夜晚，都是黑色的。

"连凶恶的狮子也跟绵羊一样？"小珍欣掩着嘴巴，惊讶地说。

蝙蝠、狮子、绵羊，三只小精灵和那些历险故事，让小珍欣爱上了黑夜。

黎明来临之前，他喜欢听小珍欣为他放歌。

她开始渴望方行之的来信。接到他的信，她总是第一时间看，就像买了一张喜欢的新唱片，她会听完一遍又一遍。

她决定在节目里把他的信读出来。

她没有读出他的名字。读信的时候，她配了一首歌。隔天，她接到他的信，信上说：

这首歌配得太棒了。没读出我的名字，是你的细心和体贴。

这封信鼓舞了她。她常常在节目里读他的信，想象她的声音在他耳边萦回。

有一次，她读信的时候，播了一支情歌。她和这个从未谋面的人之间，难道不也是一支羞涩的情歌吗？读他的文字的瞬间，她发觉自己有点喜欢他。

然后，她会取笑自己。他也许是个长得很难看的人，他也许已经有女朋友了，他也许不喜欢女人，他也许只是寂寞，而她竟然相信这是爱情。

有一次，他在信中提到小珍欣想收养蝙蝠的故事。她记得这个故事。她心底里是佩服母亲的。母亲才华横溢，母亲写的故事，感动了许多小孩子和成年人。她从不知道母亲是怎么想出这些故事的。别人都以为童书作家是温馨而有爱心的，外婆的确是这样，母亲却完全不一样。母亲不会做家务，也不会带孩子。

父亲很疼母亲，什么事都迁就她，把她宠坏了。结果，除了写书，她什么都不会做，她甚至不知道怎样从银行的自动提款机拿钱，幸好，童书根本不需要这些情节。

父亲死了，母亲有整整两年写不出任何东西来。她和外婆都担心母亲。一个写童书的人，也许从不相信，世上有死亡和离别。死亡是最后的一场历险，但是，历险的人不会再回来了。

林珍欣在节目里读出他写的那些信，他有点讶异，她用甜美的声音把信读出来，并且很聪明地以"一个听众"来称呼他，没读出他的名字。读出来其实也无所谓，那并不是他的真姓名。

一个夜晚，读信的时候，她播了一支情歌，那支歌是关于一个女孩的。女孩去参加朋友的婚礼时，发现她的初恋情人当上了神父。分手之后，她幻想过他们有天也许会在某地重逢，他仍然爱她，她也爱他，他们会重新开始。然而，他爱上了上帝，断绝了她和他今生的可能。

他喜欢这支歌，更喜欢这个故事。初恋情人当上了神父又有什么不好？他不会再爱上其他女人了。

要是他爱过的女孩当上了修女，他虽然不会特别高兴，却也会相信，在上帝出现之前，他是她的至爱，他曾是她的天国。

修女是美丽的。那夜，他梦见三个穿白衣的修女来到他床前，准备带他去历险。醒来，他笑了，那三个也许不是修女，是《小珍欣历险记》里的三只小精灵。

前一天，他经过附近一家租书店，店里只有一个满头银发的老婆婆。他无意中在书架上找到一套《小珍欣历险记》，他很想捧回家去。可惜，老婆婆说，这一套书只租不卖。他放下了。他儿时的那套书早就不知道丢到哪里去了。离开租书店，他在花店买了一些白兰花，白得像修女的袍子。

当林珍欣的节目结束了，晨光也漫了进来。黑夜过去，他在白兰花的清香中睡着了。

当她做完节目离开电台，已经是天亮了。她喜欢在晨曦中漫步。许多人都还在睡觉，街上只有零零星星的人，这是一天里美丽的一刻。方行之已经睡了吗？还是他才刚刚下班？他是否也在天亮的时候走在街上。他会不会是跟她擦肩而过的一个人？他们都不知道对方长什么样子，错过了，也是有可能的。

假如她怀里经常夹着一本《小珍欣历险记》，他会不会把她认出来？但那根本是不可行的，书太重了，不可能常常带着。

她翻过电话簿，没发现方行之这个名字。她上网，也没找到方行之。她真笨，上网的人，几乎都不会用真名。

方行之是他的真名吗？她愈是好奇，便愈觉得他神秘。他写来的信，并没有回邮地址，她无法回信。要是有一天，他不喜欢这个节目，又或是她给调走了，便再也没有他的消息。她觉得跟他很亲近，那其实是多么虚渺的一种关系。

要是她在节目中告诉他，她就是《小珍欣历险记》里的小珍欣，他会不会想见她？

母亲写这本书的时候，她还没出生。书里的小珍欣，活泼、好奇又大胆，压根儿不像她，而是像她母亲。母亲写出了这部代表作之后，连"珍欣"这个平凡的名字，也变得有点不平凡了。她出生以后，父亲把这个名字送给她。父母也许希望她像小珍欣那么活泼，她却是个爱静的人。

父亲对母亲的爱近乎纵容和崇拜。母亲向他使性子的时候，他总是迁就她。母亲无理取闹的时候，他会体谅她。他告诉女儿："作家都是很麻烦的，不过，他们的麻烦比较有趣就是了。"

然而，父亲总是带着微笑跟她说："将来千万别爱上作家。"

方行之的信写得那么好，他会是作家吗？他会不会是每天晚上一边听她的节目一边写作？既然他是作家，为什么书店里没有他的书？难道他用了笔名？

她要把他找出来。

终于，那个晚上，她大着胆子在节目里说："假如接到你的信之后，可以给你回信，那是很美好的事情。"

他收拾了一些东西，这一趟，也许要离开很久。林珍欣在节目里请他在信上留下地址。她为什么会有这种想法呢？他只要听到她的声音便已经足够了。她放的歌，就是他们相逢的话语。他是蝙蝠，只适宜躲在山洞里。

好多年前，他爱的那个女孩也是半夜这段时间里主持电台节目。他们相识的时候，她还年轻，然后，她长大了，名气愈来愈大。他追不上她的步伐。他爱她，但他感觉她不再需要他了。那天晚上，是她提出分手的。他哭了，她也哭了。他没有再听她的节目，害怕自己会舍不得。后来，听说她出国了，听说她跟一个比她年轻的人走在一起。他不知道她是不是为了那个小伙子而离开他。以后，就再没有她的消息了。他不知道邢立珺会不会进了修道院，一起的时候，她曾经告诉他，她想过当修女。

许多年后，他偶尔拧开收音机，听到林珍欣的声音，霎时间，他以为邢立珺回来了。林珍欣的声音很像她。他投出去的信，投给林珍欣，也是投给以前的一段回忆。

渐渐地，他已经分不清，他喜欢的，是现在的声音，还是邢立珺的声音。他只是幸福地相信，半睡半醒之间，消逝的日子重临。以前没有说出来的话，都可以对一个素昧平生的女孩说。

唯有当黎明降临，他才明白，夜晚是一只小精灵，把孤独的人领去历险。

方行之没有给她地址。不久之后，他也没有再来信。是她把他吓跑的吗？还是他调班了，或是换工作了，没有再听她的节目？

父亲走了之后，母亲才知道，她的丈夫多么爱她。爱一个任性的妻子，得要付出许多许多的爱，要爱她比爱自己多，才有天长地久的可能。

他躺在床上，知道自己回不去了。他想过给林珍欣写信，但他提起笔杆的手会颤抖。吗啡的剂量使他陷入一场昏睡里，再也无法听她放的歌。他患的是骨癌。这半年来，在医院里进进出出，痛苦难熬的夜晚，是她的声音陪伴着他。他床边有一个文静乖巧、深爱着他的女人。她陪了他好多年。这一刻，她噙着泪水，明白离别的时刻已经降临。他感激她，也有一点不舍。然而，在意识模糊的时刻，他心里悬宕的，是邢立珺。她现在幸福吗？他真想知道。

　　当林珍欣再接不到他的信，他也行将消逝。

　　如果他还会醒来，他再也分不清，过去是一场历险，还是真实不虚的。

Channel A

第 十 一 章
刻 骨 的 思 念

她孤单地投进梦乡，
梦里有那不可企及的梦想。
待到第二天醒来，她沉痛地发现，
回绝她的，不是他的沉默，而是他的命运。

去往拉萨的班机缓缓进入跑道，夏心桔孤零零地坐在靠窗的位子上，她没想过这么快又回西藏去。她原以为即使再去也会是许多年以后的事。

坐在她附近的是一个旅行团，大家七嘴八舌地讨论这一趟西藏之旅，有人嚷着要买佛珠，也有人担心高原反应。四个月前的一天，她满怀期待踏上这班飞机，心里向往着拉萨那一片世上最蓝的天空，眼下，却是另一种心情。所有她曾经向往的人与事，都已绝无可能。

她三年没放假了，决定要给自己一个悠长的假期。那阵子，她心中有几个城市想去：意大利的佛罗伦萨、威尼斯和罗马，日本的京都。然而，一天晚上做节目时，她本来想播一支英文歌，却不知道是谁把唱片放错了封套，从唱机流转出来的，是一位来自西藏的女歌手唱的民谣。在那短短一瞬间，她给那像天籁也像魔幻一样直冲脑门的歌声震撼着。想去西藏旅行一趟，突然成为生命中的梦想和灵感。

第二天，她买了许多关于西藏的书。读的信息愈多，去西藏的想法便愈坚定。其中一本书的作者说，西藏有一个传说：人一生之中，想去西藏的想法，是生命中的召唤。

那一刻，她以为所谓召唤，是对自身的召唤。不久之后，她了然明白，那不是对她个人渺小的生命的召唤，而是另一个生命对她最后的托付。

出发前，她最担心的是高原反应。到达的第一天，高原反应果然排山倒海而来，她头脑昏沉，唯有整天待在旅馆房间里。第二天勉强起来，她觉得自己走路时好像在月球漫步似的，又不甘心不出去。于是，她撑起身子跟着导游去庙宇看看。

在炫目的日光下，她戳在庙宇外面的一排排白杨树下，人却像浮起来似的。就在意识模糊的一刻，她看到一位女尼从庙宇走出来。那位女尼身上披着褐红色的袍子，皮肤晒得黝黑，肩上挂着一个黄色布袋，轻飘飘地游向她。这一身装扮是那么陌生，那张虽然有了皱纹却依然美丽的脸孔却似曾相识。她怔在那儿，女尼也愣了片刻。

她摸摸自己发涨的脑袋，差点以为自己看到的是幻影，直到那位女尼首先说："夏心桔，是你吗？"

她的灵魂给召唤了回来，做梦也没想到在拉萨有比高原反应更震撼的事情。伫立在她跟前的，不是别的女尼，是邢立珺。

她惊讶得说不出话来，邢立珺抱歉地说："是不是我吓了你一跳？"

"哦，不，是高原反应。"话刚说出口，她忍不住吐了一地。

醒来的时候，她发现自己躺在旅馆的床上，同团的一个台湾女孩告诉她，是一位漂亮的女尼送她回来的。女孩又告诉她，女尼说，再晚一点会来看她。

"她是你朋友吗？"台湾女孩问。

她此刻想着的却是徐致仁。他知道邢立珺在这里吗？这就是他们分手的原因吗？

"你朋友的声音就跟你一样好听。"台湾女孩的声音在她耳边萦回。

她昏昏沉沉地睡着了，直到一种细微而清脆的声音把她唤醒，那不是诵经的声音，不是台湾女孩的细语，而是手敲在电脑键盘上的声音。她以为自己思乡病发作，梦回香港去了。待到她睁开眼睛，再一次看到褐红色的袍子，才发现自己还在拉萨旅馆的床上。邢立珺来了，坐在她旁边的书桌前面，正在用电脑。

"我是不是吵醒了你？"邢立珺转头问她。

她摇了摇头，说："没有，谢谢你今天送我回来。"

邢立珺站起来，倒了一杯温水，递给她一颗药丸，说："这颗红景天是治高原反应的药，你吃了会舒服一点。"

她撑起身子，把药用水吞服。

"我刚来这里的时候，也被高原反应折磨得很惨。"邢立珺一边说一边专注地敲键盘。

她爬起床，看了看那台电脑的屏幕，看到邢立珺在玩电脑游戏。一瞬间，她眩晕了，跌坐在床上，不可思议地看着眼前的景象：一个出家女人和最流行的网上游戏。她以为自己眼花了。这可怕的高原反应。

邢立珺尴尬地朝她笑了笑："我们有时也还放不下凡尘里的东西，譬如说好玩的网上游戏。要是给师父看到了，又要罚我多诵几遍经。"

夏心桔深深地吸了一口气，几乎是呻吟着问：

"你真的是邢立珺吗？"

"我的样子也许变了，我的声音应该没变吧？"她一边说一边把电脑关掉。

"要到楼下去喝一杯酥油茶吗？"她问。

夏心桔微微点头。

"夜晚很凉的，多穿点衣服。"邢立珺叮嘱她。

她穿上外套，看到邢立珺也穿上了褐红色的毛衣，把电脑放进黄色布袋里，挂在肩上，然后踩着那双已经磨旧了的Birkenstock大头鞋，步履轻盈地走在前头。

喝茶的时候，她问："徐先生知道你在这里吗？"

邢立珺点了点头。

沉默了片刻之后，夏心桔说："我最近见过徐先生。说是最近，也是大半年前了，他那时刚刚摔断了腿。"

"那时我也在香港见过他，他还请我喝Blue Nun呢！"她吹开了茶里的一层油，呷了一小口。

"没想到会在这里见到你，我还以为认错人了。"

"你还在电台吗？"

夏心桔点了点头。

"那你现在一定是最受欢迎的唱片骑师了，徐致仁的眼光很准。"

"那时我很忌妒你。"不知道为什么，她觉得现在可以对邢立珺坦白。

"都过去了。"邢立珺朝她微笑说。

"我看得出来，徐先生还是很挂念你。"

邢立珺粲然地笑了：

"我也挂念他，但那是另一种挂念。有时很难去解释，两个人不在一起，反而更悠长。"

"我不明白。"她皱着眉说。

"你相信轮回吗？"邢立珺问。

"我不知道，我真的不知道会不会有夏心桔的前世今生。"

邢立珺笑了，说："西藏人做事都是慢条斯理的，这是因为他们相信轮回。他们认为这辈子做不完的事，下辈子还可以继续。"

"但是，我的下辈子也许不会是我。"

"那么，会有另一个躯壳为你继续。"邢立珺笃定地说。

夏心桔不无震撼地发现，与邢立珺隔别七年了，然而，不管是七年前还是七年后，邢立珺都比她聪明太多。七年前，她不服气。七年后的这一天，在这个世界上海拔最高的城市里的一场相遇，她终于服气了。徐致仁那样爱着邢立珺，是有理由的。

邢立珺又敬了她一杯酥油茶，她喝不惯，恶心的感觉再次袭来，但她清晰地记得邢立珺临别的一句话，邢立珺对她说：

"请代我照顾徐先生。"

就因为这句话，或者说，借着邢立珺的这一句话，从西藏回来之后，带着愉悦却又羞怯的心情，她回到大半年前天天拜访的他的家。为了躲开他，没再见徐致仁的那天，她也没再学瑜伽了。

这一天，她按了门铃，来开门的是徐致仁。他脸上和头上挂着灰扑扑的尘埃，讶异地朝她看。她走进屋里去，发现他正忙着把原本堵着一排窗子的唱片柜移走。温暖的阳光洒了进来，整间屋子比从前明亮有生气得多了。

"忽然爱上阳光了？"她一边帮忙一边说。

他笑了，用手扫走身上的灰尘，走进厨房冲了两杯速溶咖啡，给了她一杯。

"戒掉日光忧郁症，可还没戒掉咖啡啊！"她呷了一口咖啡说。

他朝她看了看，说："你为什么黑成这个样子？"

她摸摸脸，紧张地问："是不是很难看？"

"健康美。"他笑笑说。

她松了一口气："紫外线比激光和彩光更厉害呢！"

他咯咯地笑了，几乎呛到。

"是去了泰国日光浴吗？"他问。

她甩了甩头，说："西藏。"

她眼睛朝他看。当他听到西藏这两个字，脸上掠过一阵惆怅。

她没说下去。

过了一会儿，他说："我迟些会到电台上班。"

她惊讶地朝他看，问："哪一个电台？"

他笑了："还有哪一个？就是夏小姐你工作的那个电台。老板前几天跟我谈过，我答应了。"

"你真神秘呢！为什么不告诉我？"她兴奋地说。

"我正准备找你，我需要你帮忙。"

"有什么可以帮忙的，我很乐意。"

"电台会有很大的改革。我离开太久了，你愿意和我一起策划吗？"他诚恳地提出邀请。

她心里求之不得，嘴巴却说："你会请我吃饭吗？"

"你可能要天天跟我吃饭，那是一场硬仗。"他一边说一边把那台电子琴移到窗前。

"你为什么答应回电台工作？"她问。

他弹着琴，微笑说："说出来你会笑我的。"

"为什么我会笑？"

"有点匪夷所思。"

"我见过更匪夷所思的事情。"她所谓的匪夷所思，她没说出来，那就是在拉萨见到邢立珺。

他抬起眼睛朝她看，笃定地说：

"我想改变这个世界。"

她没笑。从认识他的那天开始，她就知道他是个不平凡的人。

他继续说："用上天给我的才华，制作一些好的节目，栽培一些有潜质的人，改变这个纷乱的社会。一个电台，甚至只是一个人，有了力量，才能够锄强扶弱，见义勇为。"弹了几个音符，他脸红了，说："听起来是不是像警察广告？"

一瞬间，她酸溜溜地发现，徐致仁敲琴键的动作跟邢立珺敲电脑键盘的动作是那么一致，仿佛有一种心灵感应。邢立珺请她照顾徐致仁，徐致仁刚好需要她，这是一次召唤吗？她不知道。但是，她愿意和他一起去追寻那个她不觉得可笑，反而是肃然起敬的梦想。徐致仁不愧是值得她爱的男人。

"你不是说过很享受现在这个阶段吗？"她问。

"我享受当下的每一个阶段，以前那些沉溺的日子已经过完了。"他回答说。

她很高兴看到当年的徐致仁回来了。他朝气勃勃、意念无穷，却又比以前成熟和聪明。他们天天待在他家里，或者在酒馆消磨一个晚上，商量节目的改革。他还没正式上班，但他们已经在编排节目表了。现在，常常打鼓的不是徐致仁，而是她。灵感枯竭的时候，忘我地打鼓，原来是一场放松，灵感会随之涌现。

　　那天，敲了一阵鼓之后，她朝徐致仁说："我明白你以前心情不好的时候为什么会躲起来打鼓了。"

　　徐致仁笑了笑，说："那时候，是有想说的话不知道怎样说，有想发泄的情绪不知道怎样发泄。"

　　她双手停在半空，说："在拉萨的时候，我遇到邢小姐了。"

　　他朝她抬起头，期待地盯着她看。

　　"她好像很享受那边的日子，人是瘦了点，但很开朗，还请我喝酥油茶。"

　　停了一下，她说："她问起了你。"

他没说话，幸福地微笑。

"她问我相不相信轮回，你相信吗？"

"不相信的人，不会留在那里。"他回答说。

"如果一对恋人，一个相信轮回，另一个不相信，那么，要是真的有轮回，他们下辈子还会相遇吗？以防万一，还是相信的好。"她傻气地说。

他仰头笑了，脸上的忧郁一扫而空。她细细地看他，觉着自己比过去的每一刻更喜欢他。要是他不相信轮回，她也不要相信。

"我们休息几天吧。"他突然说。

"为什么？"

"我下星期一正式上班了，停顿是上战场前最好的准备。"他说。

她却舍不得将有几天见不到他。

"你也要好好休息。"他叮嘱。

她放下鼓棍，拿了外衣和背包。

他打开门送她出去。她意识到这一刻不说也许不知道会不会再有勇气说。她朝他转过身来，戳在门外，红着一张脸，吸了吸鼻子，急促地一口气把话说完：

"你说过要享受当下，是不是也包括当下的人和当下的感情？那么，你会再考虑我吗？"

徐致仁错愕地看看她，那份错愕使她怯懦了，没等他回答她就转身跑下楼梯。

她走了，他戳在那里，脑中一片空茫。她就像七年前面试的那天一样，依旧是个傻气的女孩。那天，他请她回家等消息，她站起来，满脸通红地问："你会考虑我吗？"同一句话，重演如昨，是天意还是礼物？她从西藏回来，为他带来了口信。他不用再担心邢立珺一个人在远方孤苦伶仃了。在他生命转折的时候，他要接受另一个人吗？她慎重地请他考虑，她担心自己是不值得的。

那是最难熬的停顿。她天天盼着他，期待却落空了。她责怪自己把高原反应带了回来，看到的都不过是梦幻泡影和海市蜃楼，现实却熄灭了她的渴望。

这天夜里，她离开电台，回到那个荒凉寂寞的家。明天就是星期一了，他们会在电台相见，从此以后，他是她的上司、好朋友、赏识她的人，但不会是她的情人。他用沉默回绝了她的盼望。

他在街上晃荡，买了几条裤子，为明天的新生活准备。多少年了，他终于能够放下旧时的包袱，重新面对人生的责任。走着走着的时候，他突然很想让夏心桔看看他刚买的裤子，听听她的意见。他看看表，会不会太晚了？他不想等到明天。带着展开新生活的愉悦，他朝她的家奔去。

她孤单地投进梦乡，梦里有那不可企及的梦想。

待到第二天醒来，她沉痛地发现，回绝她的，不是他的沉默，而是他的命运。

徐致仁没去上班，也永不可能去上班了。就在她的公寓楼下，他静静地躺着，断了呼吸。

当她在梦里，突然而来的心脏病把她的梦里人击倒了。他在地上痛苦挣扎的时候，她却没听见，还责备他的冷漠。

他是来找她的。他来，是要爱她，还是要对她的情意抱歉，永远是个谜。他带着这个谜离去了。

飞机俯冲下去，在预定的跑道上降落。又回到拉萨了，壮阔的高原与山脉会将他埋葬。她头靠在舷窗上，泪水盈满了眼眶。她揣在怀里，一直没放手的一个红色小布袋里，放着他的一撮骨灰。隔了红尘，他和邢立珺还是分不开的。她把他的骨灰带来了，还给他生生世世爱恋的女人。

突然间，她全都懂得了。他刻骨的思念在哪里，他的故乡也就在哪里。

图书在版编目（CIP）数据

刻骨的爱人 / 张小娴著 . -- 长沙：湖南文艺出版社，2020.7
ISBN 978-7-5404-9689-0

Ⅰ . ①刻… Ⅱ . ①张… Ⅲ . ①中篇小说—中国—当代 Ⅳ . ① I247.5

中国版本图书馆 CIP 数据核字（2020）第 094716 号

上架建议：畅销·小说

KEGU DE AIREN
刻骨的爱人

作　　者：张小娴
出 版 人：曾赛丰
责任编辑：刘雪琳
监　　制：毛闽峰　李　娜
策划编辑：张　璐
文案编辑：王　静
营销编辑：焦亚楠　刘　珣
封面设计：介末设计
版式设计：梁秋晨
封面插画：Eve-3L
出　　版：湖南文艺出版社
　　　　　（长沙市雨花区东二环一段 508 号　邮编：410014）
网　　址：www.hnwy.net
印　　刷：三河市兴博印务有限公司
经　　销：新华书店
开　　本：875mm × 1230mm　1/32
字　　数：86 千字
印　　张：6.25
版　　次：2020 年 7 月第 1 版
印　　次：2020 年 7 月第 1 次印刷
书　　号：ISBN 978-7-5404-9689-0
定　　价：38.00 元

若有质量问题，请致电质量监督电话：010-59096394
团购电话：010-59320018